KB075214

서른과 마흔 사이,
41번째 중간고사는
중국에서

서른과 마흔 사이, 41번째 중간고사는 중국에서

서른넷에 시작된 중국생활 이야기

초판 1쇄 발행 2018년 8월 10일

지은이 강혜선
발행인 송현옥
편집인 옥기종
펴낸곳 도서출판 더블:엔
출판등록 2011년 3월 16일 제2011-000014호

주소 서울시 강서구 마곡서1로 132, 301-901
전화 070_4306_9802
팩스 0505_137_7474
이메일 double_en@naver.com

표지종이 앙상블 e클래스 엑스트라화이트 210g
본문종이 그린라이트 80g

ISBN 978-89-98294-43-4 (03810) 종이책
ISBN 978-89-98294-44-1 (05810) 전자책

서른과 마흔 사이,

41번째 중간고사는 중국에서

서른넷에 시작된 중국생활 이야기

강혜선 지음 ....

더블:엔

자주는 아니지만, TV 프로그램 〈인간극장〉〈다큐3일〉을 가끔 봅니다. 모르는 사람들의 삶을 보며 웃기도 하고 눈물을 흘리기도 하는데, 정말 다양한 사람들의 삶 속으로 슬쩍 들어가보는 느낌입니다. 젊은이들의 새로운 라이프 패턴을 알게 되고 나이든 노부부의 모습을 보며 저렇게 늙어가는 것도 참 좋다, 하는 생각도 들고 생동감 있는 삶의 현장에서 많은 이들이 모여 일하는 장면에서는 노동의 고단함과 더불어 생기도 전해 받습니다. 물론, 음향효과의 역할도 크지만 보는 내내 재미있고 마음이 짠하기도 하고 결국엔 왠지 마음이 정화되고 맙니다.

제게 이 책은, 그런 영상 프로그램을 글로 옮겨 놓은 버전 같았습니다. 읽는 내내 한 편의 다큐멘터리를 보는 듯하고, 밑줄 그으며 동감하기 바빴습니다.

결국엔, 모두 사람 사는 이야기인걸요.

서른과 마흔 사이, 뭔가를 해내고 이루면서 성취감이 클 때이고, 또 뭔가를 하지 못해서 불안감이 클 때입니다. 이 시기를 거쳐온 마흔과 쉰 사이의 편집자는 이 글을 읽으며, 삼십대는 참 싱그럽고 예쁜 나이구나! 했습니다. 조급하지 않았던 저는 서른과 마흔 사이에 한 해 한 해 나이 먹는 게 참 좋았습니다. 학창시절, 시집을 가장 일찍 갈거라는 친구들의 예언은 정확히 틀렸고, 마흔 전까지 몇 안 남은 싱글 대열에 끼겨 재미있게 시간 가는 줄 모르고 일했습니다. 서른다섯은 서른다섯이라 좋았고, 서른여섯은 서른여섯이라 좋았습니다. 남들 눈에는 어떻게 보일지 상관없이 한 해가 지날 때마다 일하기 좋은 나이다, 놀기도 좋은 나이다, 했습니다. 딱 서른여덟까지는 그랬습니다. 20대에서 30대로 넘어갈 때와 달리, 30대에서 40대로 넘어가려니 불안하고 초조한 마음이 온몸을 덮쳐오더군요.

누구나 나이의 경계를 넘으며 생각이 많아집니다. 조금 더 현명하게 살 수 있기를, 더 나를 챙기며 마음 다치지 않고 살 수 있기를 바라며 계속 어른이 되어갑니다.

삼십대에도 공부하는 삶, 연애하고 결혼하고, 낯선 나라 중국에서 새 가족을 꾸려 새로운 삶을 시작하는 그 떨림과 기대 가득한 장면을 글로 읽으며 괜히 조금 젊어지는 것 같아 참 좋았습니다. 서른과 마흔 사이의 많은 청춘들이 이 글을 읽으며 공감하고 위로받고 응원을 받을 수 있으면 참 좋겠습니다. 사십대인 제가 위로받은 것보다 더 많이요.

제비가 날아드는 곳에서
초복이와
초복이 아빠와 함께

명 분 있 는 학 생

중국도, 중국어도 나와는 거리가 멀었다. 배워두면 득될거라지
만 이제 와서 쓸 일이 있나 싶고, 한자를 감당해내고픈 열의도
없었다. 중국은 그저 비행기 타고 싶을 때 비교적 부담 없이 다
녀올 수 있는 해외여행지, 딱 그 정도였다.

학기 과정 중 한중 문화를 비교·연구하는 수업을 듣게 되면서
'중국 문헌을 볼 수 있으면 좋겠다' 라는 생각을 어렴풋이 했
었다. 그런데 마침 그즈음 교내에 중국 정부가 후원하는 '공자
학원'이 문을 열었다. 어렵다는 중국어를 단시간에 해낼 머리
는 아니니, 새로운 것을 접하며 기분전환이나 해야겠단 생각으
로 학원에 등록을 했다. 무엇보다 일반 학원보다 저렴한 수업
료가 마음에 들었다.

설렁설렁 다니던 어느 날, 게시판에 붙은 장학생 선발 공고를
보았다. 수업료와 교재비, 기숙사비, 생활비, 정착비가 모두 지

원되는 조건이었다. 드라마 속 장면마냥 멈춰서선 심장 뛰는 소리를 들었다. 그러한들 나에게 기회가 주어질 리는 만무했다. 중국어 전공도 아니고, 대학생도 아니고, 20대도 아니고, 심지어 중국어까지 못하니. 어느 모로 보나 투자가치 없는 대상이었다.

하지만 이성과는 달리 장학생 공고는 문뜩문뜩 떠올랐고 일상이 멈춰지는 순간은 잦았다. 학원 수업이 있는 날은 게시판 앞을 떠나질 못했다. 장학생이 되어 중국에 가고 싶었다. 이유는 분명하지 않았다. 공부, 경험, 여행, 언어, 도피…. 잘못한 것은 없지만 그닥 떳떳한 상황도 아닌 것 같아 누군가에게 속내를 털어놓지도 못했다. 지원해보고 싶었다. 어쩌면 내 인생에서 학업으로 누릴 수 있는 마지막 기회라는 생각이 들었다. 후회하고 싶지 않았다.

생각을 굳힌 이후에는 자투리 시간을 금같이 아껴 쪼개 썼다. 밥을 먹으며 인터넷 강의를 보고, 걷고 움직이는 동안에는 이어폰을 꽂고 중국어 발음을 들었다. 중국어를 공부할 수 있는 모든 상황에서 단어를 익히고, 모의고사를 풀며 문제 경향을 파악했다. 그리고 반복해서 HSK 시험을 봤다.

원서 접수비는 왜 이렇게 비싼지, 시험에 응시할 때마다 통장 잔고가 비어갔다. 한 달 뒤 불합격 통보를 받는 날에는 '역시

나 그렇지 뭐'라며 혼자 커피 한 잔, 맥주 한 캔 마시며 씁쓸함을 달랬다. 그래도 어쩐 일인지 그만두고 싶지는 않았다.

급수별, 종류별로 응시 가능한 모든 시험을 봤다. 하루에 HSK 3급, HSK 4급, HSKK 초급 시험을 모두 본 달도 있었다. 그렇게 주말을 보낸 날은 머리가 지끈거렸다.

노력과 운이 함께했던 마지막 달, 기적적으로 지원 요건 급수에 합격했다. 그 다음 달에는 한 학기 장학생이 되는 행운까지 얻었다. 장학생이 된 후 한동안은 걸으면서도 정신이 나간 것 마냥 히죽댔다. 너무 좋아서 잠깐은 진짜 그랬는지도 모르겠다.

장학생 선발 후 출국까지는 1년 정도의 시간이 있었다. 나는 그동안 박사과정 연구원으로서 해왔던 일들을 모두 마무리지어야 했다. 일주일에 며칠씩 밤을 새다 날이 밝는 것을 보는 날에는 중국에 가지 못할 수도 있겠다는 생각이 들었다. 매일 매일이 불안해 모든 걸 놓아버리고 싶기도 했다. 마음이 힘들면서 몸도 아프기 시작했다. 위가 아프고, 콧물과 기침이 멈추지 않고, 잠이 오지 않고, 피부가 벌겋게 부풀어 올랐다. 매시간 약을 먹고 연고를 발랐다.

도저히 할 수 없을 것만 같았던 일들은 다행히 하나씩 마무리되었다. 끝이 없는 일은 없었다. 2015년 3월, 중국행 비행기에 올랐다. 다만 컴퓨터 안에는 일거리가 가득했다. 모든 것을 가질 수 없어 결국은 선택해야 했지만 행복했다.

친구들 대부분은 결혼을 했고, 힘들게 해오던 일을 멈추고 외국으로 간다는 것에 박수를 쳐줄 만한 사람은 많지 않았다. 그렇지만 스스로 인정해주고 명분도 주고 싶었다. 장학생이 되기 위해, 장학생으로 시간을 보내기 위해 노력했으니 얼마간은 누릴 자격이 있다고.

이제는 몸도 마음도 건강해지기 위해 중국에 간다. 아무 생각 없이 늘어지게 잠도 자고, 친구들과 중국 곳곳을 다녀보고도 싶다.

나는 혼자만의 명분을 얻었기에 간다. 중국에 놀러, 공부하러, 살러, 간다.

C.O.N.T.E.N.T.S

03
그새 익숙한

05
거주자로서의 일상

01
시작

서른과 마흔 사이, 41번째 중간고사는 중국에서

중국살이 1일

이만하면 됐다. 고작이라면 고작일 6개월을 위해 캐리어는 2개면 충분하다. 더는 안 된다는 생각으로 수화물 허용 무게를 맞추기 위해 밤새 짐을 넣다 빼길 반복했다. 없으면 큰일 날 것 같은 건 왜 이리 많은지…. 어디든 백팩 하나 덜렁 메고 떠나는 게 로망인데 공항버스를 기다리는 나는 짐을 이고 지고 있느라 화장실도 못 가는 처지다.

뒤죽박죽이던 마음은 공항리무진에 짐을 싣고서야 진정이 된다. 일은 저질러졌고 내몫은 했으니 이제 됐다 싶다. 이 순간을 위해 준비한 노래를 들으려고 이어폰을 꽂았지만 몇 곡 채 듣지 못하고 잠이 들었다. 목이 뻐근해 눈을 뜨니 시원하게 파란 것이 눈앞에 펼쳐진다. 도로 어느 지점에선가부터 시작된 이 신기한 바다는 자신이 곧 공항임을 알린다. 마음이 울컥한다.

인천에서 칭다오까지는 한 시간 남짓이었다. 칭다오 류팅 공항에서 학교 관계자 그리고 앞으로 함께 공부할 친구들을 만났다. 서로를 탐색하며 주고받는 말들은 가벼웠지만 그 속에 담긴 호기심만큼은 팽팽했다. 들뜬 마음으로 버스를 타고 조금 달리니 또다시 바다가 보인다. 이제서야 이어폰으로 흘러나오는 노래가 제대로 들린다. 같은 바다인데 아침과는 다르다. 한 순간도 놓치고 싶지 않아 쉼 없이 카메라 셔터를 눌러댔다.

학교에 도착하자마자 이름을 호명하며 방을 배정했다. 환영회는 아니더라도 오리엔테이션 정도는 기대했는데 공식 일정은 10분도 채 되지 않았다. 나에게 특별한 순간이 학교 관계자들에겐 일상일 뿐이었다.
2인실 내 방에는 이미 주인이 있었다. 18살 러시아 소녀는 당연한 듯 옷장에 연예인 포스터를 붙여놓았다. 소녀다웠지만 내 취향은 아니었다. 그런데 그보다는 1학기를 산 것 치고는 많아 보이는 짐들이 거슬렸다. 주방에 있어야 할 주방기구들 만이라도 당장 방안에서 빼내버리고 싶었다. 화장실 세면대 선반에는 화장품이 가득했다. 내 공간은 침대와 책상 위뿐이었다. 책상에 앉아 손님마냥 눈치를 봤다. 한국어, 러시아어, 중국어, 영어 중 제대로 의사소통 할 수 있는 언어는 없었다. 해결책 따위

는 없는 것 같았다. 반나절 만에 꿈이 현실이 된 순간, 침대에
엎드려 노트북을 하던 룸메이트와 눈이 마주쳤다. 미드에 나오
는 주인공처럼 씽끗 웃더니 와이파이 비밀번호가 적힌 메모장
을 건넨다. 눈웃음 한 번에 마음이 동한다. '그냥 살면 되지. 6
개월을 못 버틸까.' 내 모습이 어떠했을지는 모르겠지만 나도
최선을 다해 씽끗을 날려주었다.

러시아 말은 생각보다 듣기 좋았다. 그렇지만 엄마 아빠 동생
은 벌써부터 그리웠다. 그토록 고대하던 곳에서의 첫날이 조용히
스러져가고 있었다. 누가 뭐래도 나에게 만큼은 잊지 못할 특별
한 날이었다. 내가 원해서 이곳에 오게 되었다는 것, 그것만으
로 충분했다.

대세를 따르지 못했을지라도, 운 좋은 시작

잠이 들 무렵 폭죽소리를 들었다. 아침에 눈을 뜨게 한 것도 요란스런 폭죽소리였다. 침대에 누워 생각했다. '중국이구나. 중국에 왔구나.' 반 편성 레벨 테스트를 보러 가야 하는데 일어나기가 싫다. 게을러지려고 작정하고 왔지만, 장학생으로서의 의무는 해야 할 것 같아서 일어나 대충 주섬주섬 챙겨 나왔다.

어제 방 열쇠를 받으면서 시험 볼 장소를 안내 받는데 선생님의 말씀이 너무 빨라 중국어가 외계어처럼 들렸었다. 질문하는 사람 하나 없이 모두 알아듣는 분위기라 아침에 물 흐르듯 무리를 따르리라 마음먹었다. 그런데 자고 일어나 보니 신입생 중 나만 방이 다른 층인 데다 늦잠까지 잔 탓에 건물에는 이미 아무도 없었다. 어차피 말도 통하지 않을, 곤히 자고 있는 러시아 룸메이트를 깨워 물을 수도 없는 노릇이었다.

예상치 못한 상황에 당황해 이쪽저쪽 다니며 허둥대는데 청소

하시던 아주머니께서 뭐라뭐라 말씀을 하신다. 알아듣지 못해서 울상을 하니 따라오라며 앞장을 서신다. 다행히도 아주머니를 좇아 옆 건물 강의실에 도착했다. 작은 창을 통해 보니 강의실을 꽉 채운 학생들은 이미 집중 모드다. 빈자리는 맨 앞뿐이다. 뒷문으로 들어가 책상 사이를 비집고 앞자리까지 갈 생각을 하니 끔찍하다. 선생님께서 나를 찾지 않으신 것 같아 순간 야속한 마음도 든다. 엄한데 화풀이를 할 수밖에 없는 나의 진짜 속마음은 두려움이었다. 어쩌면 앞으로도 혼자만 동떨어져 있는 이런 장면을 또 연출해낼지도 모른다는 현실 가능한 공포였다.

시험을 마치고 강의실로 돌아오는데 복도에 아주머니가 계신다. 호탕한 표정으로 말씀하시는 걸 보니 시험 잘 봤냐고 물으시는 것 같다. 정확치는 않지만 날 걱정해주시는 것 같아 고개를 끄덕였다. 엄마가 내 등을 토닥여주는 것 같은 기분이 든다. 소용돌이치던 마음도 이내 평온해진다.
내 세계에서 중국은 아주머니의 호의로 그려질 것이다. 둥근 얼굴에 눈가에 가로로 깊게 패인 주름이 웃을 때마다 춤을 추듯 움직여 정감 있던 그 모습. 지금의 기억을 오랫동안 간직하고 싶다. 허둥대긴 했어도 이만하면 시작이 좋다.

앞마당 외출이 주는 행복

입학하고 며칠 만에 학교 구경에 나섰다. 그동안 기숙사 방을 진짜 내 방으로 만드느라, 때맞춰 밥 먹을 일 궁리하느라 바빴다. 기숙사 밖을 나갈 용기 충전도 필요했다. 드디어 각오가 선 날, 친구들과 가방 메고 카메라 들고 먼 길 떠나는 양 군은 결의를 했다. 고작 앞마당 외출이지만 들떴다.

렌즈를 통해 보는 교정의 모든 것이 색달랐다. 한국에서 매일 보던 벽돌마저 남달라 보였다. 이곳저곳을 둘러보다 입구에 개방 시간과 폐관 시간이 적힌 건물을 발견했다. 높고 차분한 느낌을 주는 건물은 도서관이었다. 들어서서 한 층 오르니 칸막이 없는 넓은 책상들이 눈에 들어온다. 여덟 개 정도의 의자를 놓을 수 있는 큰 책상은 공간을 가득 메우며 엄숙한 분위기를 자아냈다. 책상에는 중국 사람들이 한몸인 듯 지니고 다니는 찻잎이 담긴 녹프름한 물병도 의자 수만큼 놓여 있었다. 도서

관 벽은 내가 좋아하는 넓고 큰 유리창이 대신했는데 학생들은
빛이 들어오는 창을 하나씩 맡고 앉아 무엇인가를 열심히 외고
있었다. 갑자기 지겹던 공부가 그리워진다.

외국인학생을 위한 서고도 있었다. 한눈에 들어올 만큼 작은
공간에는 먼지가 뽀얗게 쌓인 오래된 책들뿐이었다. 그마저도
책이라기 보단 자격증 획득을 위한 문제집류가 대부분이었다.
그래도 〈한국어 서재〉란에 꽂힌 꼬질한 책이 반가워 여러 권
을 들춰봤다. 복도에는 편히 앉아 책을 보며 쉴 수 있는 공간도
있었다. 어설프게나마 갖출 건 다 갖춘 도서관이었다. 차 한 잔
마실 수 있는 작은 매점이 없는 게 못내 아쉬웠지만 도서관에
책 말고 매점이 있어야 한다는 법은 없으니까 이 정도면 훌륭
하다 싶었다.

쇼핑하듯 쭉 돌며 앞으로 남은 학교생활을 이곳에서 보내리라
다짐했다. 중국 학생들과 한 책상에 앉아 공부하는 모습을 그
렸다. 큰 창 하나를 맡아두고 중국어를 중얼거릴 생각을 하니
의욕도 샘솟았다. 희망과 다짐을 가슴에 품고 도서관을 나서며
역시 익숙하고 안전한 이불 속보단 작게나마 별일이 생기는 이
불 밖이 낫다는 걸 다시 한 번 깨달았다. 그게 하루하루를 사는
재미일 테니까.

지구 곳곳에 있는 고마운 사람들

내 방은 싱글 침대 2개, 책상 2개, 옷장 2개, 텔레비전 1개, 욕실이 하나인 2인실이다. 엄밀히 말하자면 나와 룸메이트가 함께 쓰는 우리 방이다. 짧은 기간에 룸메이트가 바뀌었는데 새 룸메이트도 개인 사정으로 조기 귀국하게 되었다. 오래 정들진 않았지만 잠깐이나마 함께한 친구를 새벽에 배웅하고 나니 마음이 헛헛했다.

생각지도 못한 개인 공간이 생겼지만 마음은 편치 않았다. 안 그래도 어린 친구들과 어울리기 힘든데 이젠 정말 찾아오는 이 하나 없을 것 같았다. 명절이나 돼야 손주들 얼굴 한 번 보는 산골 할머니가 된 기분이었다. 복잡한 마음으로 침대에 앉아 있는데 옆방 불가리아 아가씨가 살짝 열려 있던 문에 노크하는 시늉을 하며 들어온다. 배시시 웃는데 뒷짐을 진 손엔 무언가가 감춰져 있다.

"리우 [礼物]! 리우 [礼物]!"

선물이라며 나에게 작은 토끼 인형을 건넨다. 깜짝 놀라 웬 선물이냐고 물으니 내가 룸메이트가 없어 외로울 것 같아 새 짝을 데려왔다고 한다. 그리곤 부끄러웠는지 자기 방으로 줄행랑을 친다. 키는 나보다 큰데 마냥 귀엽고 천진하다. 이 고마움을 어떻게 전해야 할지….

새 룸메이트의 이름은 '르자오'라고 지어주었다. '햇볕이 내리쬐는 곳'이란 뜻으로 내가 다시 열심히 살아보고자 온 이 곳, 일조 [日照]의 중국어 발음이다.

따뜻한 도시 일조에서 살가운 친구를 만났다. 불가리아에서 온 알렉스도, 토끼 르자오도 반갑고 고맙다. 르자오는 창틀에 앉혀 주었다. 내가 보지 못하는 것까지 나 대신 모두 보고, 햇볕도 충분히 쬐면서 마음까지 따뜻해지라고.

좋은 사람은 내가 생각지 못한 곳곳에 있다. 나도 누군가에게 빛이 되는 사람이기를 바라본다.

평일 대낮에
아무것도 하지 않는다는 것

산동성 일조시에 온 지 어느덧 11일 째다. 열하루 동안 점심시간이 2시간이라는 것에 매일 감탄을 하고 있다. 더욱이 오후 수업이 3시에 시작되니 실질적인 점심시간은 3시간이다.

12시 수업이 끝나면 어기적거리며 학교 앞 식당을 찾는다. 주문을 하고 밥을 먹고 뜨거운 차를 두어 잔 마셔도 1시가 넘지 않는다. 밥을 먹고 주변 참견을 하며 슬슬 걸어도 기숙사에 도착하면 1시 20분 정도다. 그 후엔 잠을 자거나 소일을 하면 된다. 누워서 떡먹기다. 그런데 어쩐 일인지 그 떡이 목에 항상 어정쩡하게 걸려 있는 느낌이다.

기숙사로 돌아와 잠을 잔다고 누워서는 뒤척이기만 한다. 이유 없이 방안을 서성이거나 책상에 앉아 서랍을 열고 닫기를 반복한다. 그것도 아니면 휴대폰으로 내내 포털사이트 연예기사 댓글을 본다. 점심시간이 길다는 게, 대낮에 아무것도 하지 않고 휴식을 취한다는 게 이렇게 어려운 일인 줄 몰랐다.

해야 하는 일, 누군가가 시켜서 하는 일은 시간을 분단위로 나눠서 했다. 바쁘고 힘들어서 짜증이 나긴 했지만 이렇게 공허하고 애매한 기분은 아니었다. 스스로를 능동적인 사람이라고 자부했었다. 일을 계획하고 실행하고, 시간을 즐기는 사람이라고 생각했던 것은 내 착각이었다. 짜여진 틀에 의지해 생활하는 것이 익숙해 그것이 없을 때는 안절부절못하며 시간을 허비할 뿐이었다.

중국에서의 시간은 내가 만든 진짜 내 시간이다. 남은 기간 동안 시간 쓰는 법을 연습하기로 했다. 학생이라는 신분, 직장이라는 소속이 없을 때, 혼자서 해내야 하는 일에는 계획표가 주어지지 않을 것이다. 연습이 끝난 후 온전한 내 시간에 진정한 휴식을 맛보고 있을 나를 기대한다.

모르는 게 약

마트에서 물건을 사고 거스름돈으로 1위안을 받았다. 유난히 흐물거리는 돈을 펴보니 휘갈겨 쓴 글자가 보인다. 중국에 온 이후 신기하지 않은 게 없어 한참을 들여다봤지만 낙서인지 메모인지 알 길이 없다. 어쨌든 해선 안 될 곳에 끄적였으니 꼭 필요한 내용이라 해도 낙서다.

돈에 낙서하기는 세계 공통인가 보다. 뭐라고 쓰여 있는지 궁금하긴 하지만 사전을 찾아볼 만큼은 아니다. 그리고 가끔은… 모르는 게 약이라고 생각한다. 모르고 있어야만 하는 것도 있으니까. 그렇게 믿는다.

쿰쿰한 케이크

드디어 일조에서 커피를 맛봤다. 학교 앞 5분 거리에 위치한, 딱 봐도 카페 아니면 파스타집이겠거니 싶은 외관을 가진 제제 카페에서 말이다. 내가 사랑하는 라떼류는 달아도 너무 달지만 테이크아웃점이 대부분인 이곳에서 커피를 마시며 노트북을 사용할 수 있다는 것만으로도 감지덕지다. 비록 점심시간에는 자욱한 담배연기와 향신료 가득한 볶음밥, 고기빵, 지엔빙 [煎 饼] 의 냄새도 함께 견뎌내야 하긴 하지만 말이다.

두어 번쯤 갔던 날에는 케이크를 시도했다. 유리로 된 작은 냉장고 속 케이크는 모두 뽀얗고 예뻤다. 케이크 이름을 열심히 들여다봤지만 아는 글자보다 모르는 글자가 더 많아 유추가 불가능했다. 취향을 포기하고 개중 부드러워 보이고 비싼 것으로 한 조각 골랐다. 비싼 것에는 나름의 이유가 있다고 굳게 믿기 때문이다.

주문한 카페모카와 흰 생크림 케이크 한 조각이 내 앞에 놓였다. 기념으로 사진을 찍고 맛보려는데 묘한 냄새가 난다. 또 누군가 카페에서 끼니를 해결하는구나 싶어 인상이 찌푸려진다. 그러나 어쩌겠는가. 내가 온 것이니 이곳의 문화를 따라야지. 냄새를 중화하려 케이크를 크게 한입 떠먹었는데 작은 포크가 코끝을 지나 입으로 들어가는 순간, 냄새의 근원이 나임을 알았다. 그제서야 영수증을 꺼내 휴대폰으로 단어를 찾아봤다. 쿰쿰한 냄새의 정체는 두리안이었다.

한국에서 한번도 보지 못했던 두리안 케이크다. 중국사람들이 두리안을 좋아한다는 이야기는 들었지만 두리안으로 케이크까지 만들어 먹을 줄은 몰랐다. 내가 먹지 않는다고 해서 이상한 것이라고 치부할 순 없고, 과일의 왕이라는 두리안으로 뽀송한 케이크를 만들어 먹지 말라는 법도 없지만 참으로 내 입에는 거북했다. 진열되어 있던 케이크 중 가장 비쌌던 이유도 그제야 이해가 됐다. 과일의 왕 두리안은 몸값도 왕이니까. 비싼 게 좋은 것이라는 나름의 생각은 이번에도 합리적으로 들어맞긴 했다. 역시 취향은 고려되지 않았지만.

예상했던 맛을 느끼며 입안의 사치를 만끽해야 하는데 생각지 못한 상황이 발생해 짜증스럽다. 한입만 먹고 버릴 용기는 차마 없어 원망스런 눈으로 한없이 케이크를 바라봤다. 문득 이걸

다 먹어야 중국생활에 빨리 적응할 것 같다는 엉뚱한 생각이 들었다.
자기암시를 하며 전투적으로 케이크를 먹기 시작했다.

누군가 두리안을 쓰레기 냄새 나는 과일이라고 표현했는데 과
히 그 냄새 덕분인지 딱 한입 거리를 남겨두곤 손을 들었다. 두
리안이라는 걸 알고 뇌에서 차단을 했는지, 마음의 준비가 덜
된 것인지 어찌됐든 더 이상 먹을 수도 없었고 먹고 싶지도 않
았다. 속이 미친 듯이 울렁거렸다.

적응이라는 게 억지로 되는 건 아니었다. 빨리 억지로 가다간
탈만 날 뿐이다. 익숙하지 않은 것들에 찬찬히 공을 들여보기
로 했다. 머리와 마음으로 기쁘게 받아들일 수 있도록.

뜨거운 도시의 양산 행렬

일조[日照]는 이름처럼 매일이 뜨겁다. 특히나 밥 먹으러 나서는 정오는 정수리가 타는 듯한 착각이 들 정도로 태양빛이 강하다. 여학생들은 너도나도 양산을 꺼내 든다. 개인 양산이 없으면 옆 친구가 만드는 그늘에 꼽사리라도 껴서 간다. 우리나라에선 비 오는 날이나 볼 수 있는 우산행렬을 이곳에선 매일 보는 격이다. 우산보다 화려하고 원색이 짙은 수십 개의 양산이 빛에 반사돼 반짝일 때면 묵직한 유화작품을 보는 것 같은 착각이 일었다.

이제껏 양산을 중년 여성의 전유물쯤으로 여겨왔던 난 양산 쓰는 게 그닥 내키질 않았다. 어학원 친구들 대부분이 같은 생각인지 양산 소유자가 별로 없었다. 그동안 양산 없이 30년 넘게 잘 살아왔으니 손으로 차양을 만들어 버텨보기로 했다.

정수리가 타는 고통을 일주일쯤 맛본 후 두 손이 만드는 그늘에선 살아남을 수 없음을 직감했다. 수업 후 팬시점으로 직행해 개중 색이 연하고 덜 화려한 양산을 골랐다. 점심 먹으러 가는 길에 첫 개시를 하며 자연스럽게 양산 길에 합류도 했다.

양산 속이 이렇게 안락한 줄 몰랐다. 그늘이 만들어져 더할 나위 없이 시원하고, 볕에 눈이 따갑지 않아 눈을 시원하게 뜨니 앞도 잘 보여 안전하다. 얼룩덜룩 새까매질 피부와 주근깨 걱정도 덜하니 마음 역시 편하다.

누구 눈이 그렇게 무서웠나 모르겠다. 양산이 뭐 별거라고. 중국에 있는 동안만이라도 이 별거 아닌 것들로부터 자유로워져 보려고 한다. 남의 눈보단 내가 편안하고 즐거울 일들이 훨씬 더 많으니까.

하던 짓은 멈추지 않는다

침대에 앉아 꼼지락거리고 싶은데 마땅한 탁자가 없다. 우리집 내방 침대에서 쓰던, 특별하진 않지만 쓸모 있던 작은 접이식 테이블이 그립다.

궁하면 통한다더니 어느 날 학교 앞 팬시점에서 '내 물건이다' 싶은 것을 발견했다. 노트북을 올리기에 딱 좋은 크기에, 책상다리를 하고 앉기에 알맞은, 다리가 짧은 미니 테이블이다. 평평한 면에는 강아지와 여자아이가 서로를 정겹게 바라보고 있는 그림이 있다. 이것마저도 내 스타일이다. 옥에 티라면 진열품 밖에 없다는 것인데 우리 돈 3천원에 이런 물건을 또 만날 수 있으랴 싶어 냉큼 계산을 했다.

상품 만족도와는 별개로 운반은 힘들었다. 한쪽 팔에 껴보니 내 손가락이 탁자 끝에 닿지 않아 물건이 자꾸만 빠져 나가고, 두 팔로 감싸니 탁자 세로 길이 때문에 고개가 숙여지질 않아

걷기가 힘들었다. 옆으로 한 번, 앞으로 한 번 번갈아 낑낑대며 10분을 넘게 걸어 겨우 기숙사에 도착했다. 내 모습을 본 친구들은 그게 얼마나 사고 싶었으면 그렇게 힘들게 들고 오냐며 웃는다. 나중에 부러워나 말라며 농담을 하곤 히죽이며 방으로 돌아왔다. 머릿속엔 이 탁자를 어떻게 알차게 쓸지 온통 그 생각뿐이었다.

그 노력의 대가로 바람 불어 으스스한 이런 날, 침대에 1인용 전기장판을 켜고 따뜻하게 앉아 테이블 위에 노트북을 두고 글을 쓸 수 있게 됐다. 엉덩이가 뜨뜻하고 눈도 편하고 타자 치기에도 알맞다. 지금 상황에선 세상 부러울 게 없다.

중국에서 장만한 첫 살림이다. 더욱이 내가 감당할 수 있는 물건이다. 부담 없이 마음껏 쓸 수 있어 또한 좋다. 한국에도 낑낑대며 가져갈 수 있을까? 아마도 테이블 가격의 몇 배가 넘는 수화물 비용을 지불해야 하니 그러진 못할 것 같다. 그래도 이 녀석 두고 갈 땐 마음만은 아련할 것 같다.

나도 당신의 생일을 '축하' 했어요

매일 물 사러 가는 슈퍼 앞 풍경이 오늘은 다르다. 불 켜진 수십 개의 초가 온 힘을 다해 빛을 발산하며 "생일 축하해요(生日快乐, 셩르콰일러)"라고 외치고 있고, 장미꽃잎은 하트로 사랑을 전하고 있다. 그날이 그날 같던 슈퍼 앞은 누군가의 이벤트로 후끈한 열정의 장소가 되어 있었다. 초와 꽃잎을 둘러싼 구경꾼들은 끼리끼리 모여 사진을 찍고, 나름대로 사연을 유추하며 속닥이길 멈추질 않았다.

또래들이 수도 없이 오가는 이곳에서 공개적으로 축하를 받는 그는 행복할까? 어디선가 최악의 프러포즈는 공공장소 공개 프러포즈라고 들었는데, 이 초와 꽃잎도 여기에 해당되지 않나 싶어 살짝 걱정이 된다. 그래도 한참을 보고 있으니 지금의 상황이 로맨틱하기만 하다. 글자를 만들기 위해 켠 초는 신경질이 날 정도로 수없이 꺼졌을 것이고, 꽃잎은 눈치 없는 바람 덕에 이리저리 흩날렸을 것이다. 그의 정성이 마음에 와 닿는다. 빈터를 아름답게 만들어놓은 그가 기특하고, 오늘의 주인공이 부럽다.

이름도 성도 모르나 초와 꽃잎을 보며 이미 나도 그의 생일을 축하하고 있었다. 나와 같은 마음일 관중들과 초를 켠 그의 마음이 전해지길 바라며,

생일 '축하'했습니다. 축하합니다.

비바람이 몰아쳐도 전해지는
웬페이의 마음

중국 친구 웬페이가 일조 만평구 바닷가에 함께 가주기로 했다. 우리는 새끼오리들 마냥 웬페이를 졸졸 따랐다. 가는 날이 장날이라더니 고르고 고른 날에 칼바람이 분다. 매서운 바람에 얼굴이 따갑고 입도 덜덜 떨리는데 버스는 기약이 없다. 웬페이와 말도 제대로 통하지 않아 주변 기류도 차갑다. 어색함을 감추려고 버스가 오는 길목만을 목 빠지게 바라봤다. 삼십분 만에 온 버스는 당연하다는 듯 만원이다. 앉을 자리는커녕 끼여 갈 자리도 없다. 우리는 눈빛을 교환하며 한 번 웃어 제끼고는 바다를 포기했다. 그래도 기왕 나온 거 어디라도 가자며 일조 기념관으로 목적지를 바꿨다.

일조시를 홍보하기 위해 만들어진 기념관은 삐까뻔쩍했지만 건물 외에는 볼 게 없었다. 그래도 이 궂은 날씨에 새로운 곳을 탐방했으니 불만은 없었다. 그보다는 버스가 또 오지 않을까봐 그게 더 걱정이었다. 아니나 다를까 바람은 아까보다 더 세차게 부는데 버스는 소식이 없다. 나와 친구들은 당장이라도 택시를 타고 싶은 마음이 굴뚝같았지만 웬페이의 마음을 알 수가 없었다. 이전에 함께 다닐 때도 버스를 타거나 걷는 모습만 보아왔기 때문에 20대 초반의 학생에게 혹 택시비가 부담되지 않을까 싶어 차마 말을 꺼내지 못한 것이다. 이렇게 힘들게 안내를 해주었으니 택시비는 우리가 내는 것이 당연했지만 그걸 허용할 리 없는 친구였다. 웬페이는 우리가 만나면서 발생하는 비용을 모두 공평하게 부담하길 원했다. 같은 언어를 사용한다면 말이라도 잘 해볼 텐데, 오해가 생기지나 않을까 걱정되어 말조차 꺼내보지 못했다. 떠오르는 방법이 없어 또다시 비바람을 맞으며 버스를 기다렸다.

한번 당해보란 듯 버스는 한참이 지나서야 왔다. 우리의 몸은 꽁꽁 얼어붙었다. 그러나 저러나 결국엔 학교에 잘 도착했고 오늘 일정의 마무리로 양고기 국도 먹었다. 웬페이도 얼마나 추웠는지 코를 훌쩍인다. 친구이자 한참 동생인 그녀가 고맙고 미안하다. 따뜻한 걸 먹고 나선 기분이 좋아져 단어 단어로 오늘의 일들을 이야기했다.

문화가 다르고 언어가 달라 불편하긴 했지만 말없이 서로를 이해했다. 혹여나 웬페이의 마음이 상할까봐 비바람을 맞으면서도 택시비 내겠다는 말을 못한 우리. 지금 생각해보면 웬페이도 같은 상황이었지 않았을까 싶다. 눈으로 본 것들 중에 큰 감흥을 불러일으킬 만한 것은 없었지만 함께했던 그 매서운 토요일은 오래도록 가슴 찡하게 남을 것 같다.

i miss you

며칠째 비가 내린다. 뜨거운 우유차 생각이 간절하다. 귀찮음을 무릅쓰고 최근 알게 된 밀크티 전문점을 찾았다. 비록 화장실은 없지만 테이블과 안락한 의자가 있는 곳이다. 다들 내 맘 같았는지 사람이 많다. 집중해서 뭘 할 만한 분위기는 아니라 차를 마시며 전시품 보듯 찬찬히 가게 인테리어를 감상했다.

벽 한켠 칠판에 쓰인 문장에 눈이 간다. 'i miss you.' 와이파이 비밀번호다. 글씨체도 예쁘고 글자를 쓴 분필 색도 곱다. 소란스런 틈을 타 조용히 발음을 해본다. 아이 미쓰 유. 영어를 배우기 시작하면서 이 발음이 참 예쁘다고 생각했었는데 잊고 있었다. 사춘기 시절 이어폰을 끼고 이 제목의 노래도 많이 들었었다. 누가 언제 어떻게 쓰느냐에 따라 의미가 달라질, 얼굴이 많은 문장이다. 애틋함만은 모두 같겠지만.

서늘한 날씨와 밀크티의 감미로움으로 그리운 이가 많아진다. 무엇보다 낭만에 대해 뭘 좀 아는 이의 와이파이 비밀번호 설정 센스 덕에 오늘이 특별해짐을 감사한다.

좋은 기운을 얻는 곳

친구들과 학교 근처 동물원에 왔다. 먼저 다녀온 친구들에게 별 볼일 없다는 이야기를 듣기도 했고, 동네 동물원이라 큰 기대가 없었는데 입구에 줄지어선 노점을 보니 마음이 동한다. 파스텔톤의 풍성한 솜사탕과 풍선, 어딘지 모르게 부실한 장난감을 보니 내 어린 시절의 동물원 풍경이 떠오른다. 단지 이곳에는 잘 삶아진 번데기 대신 산사열매를 꼬챙이에 꿰어 설탕물을 입힌 탕후루[糖葫芦]가 있을 뿐이다.

동물원 옆에는 제법 큰 놀이공원도 있었다. 본래 목적지를 둘러보는 게 우선인 것 같아 5위안(약 850원)을 내고 동물원에 입장했다. 여기저기 큰 우리 안에는 힘없는 동물들이 한두 마리씩 있었다. 큰 집에 혼자 있는 타조와 곰은 외로워보였고, 피부병 때문인지 털이 듬성듬성한 고라니는 아파보였다. 마음이 좋지 않은 어른들과 달리 꼬마들은 마냥 신나했다. 호기심 어린 눈으로 동물들을 바라보는 모습에는 순수함만이 가득했다. 우리는 사진 몇 장을 대강 찍고 자연스럽게 놀이공원으로 발길을 돌렸다. 중국의 뽀로로인 시양양[喜羊羊]과 과하다 싶은 조명을 단 놀이기구가 우리를 반겨주었다. 아이들 위주의 놀이기구이긴 해도 움직이는 것이 있고 발랄한 음악 소리가 들리니 동물원보다는 노는 곳 분위기가 났다. 놀이기구, 사람, 풍경을 즐기며 한참을 걸었다.

이미 다녀간 이들의 평대로 규모나 볼거리가 만족할 만하지는 않았지만 몸과 마음에는 에너지가 가득 들어차는 느낌이 들었다. 좋은 기운을 얻는 곳이 있다는데 오늘 이곳에서 그런 걸 느꼈다. 그래서 놀이공원, 동물원에는 가족과 연인들이 많은가 보다. 좋은 곳이기에 그들이 찾아온 것일 수도 있고, 행복하려고 온 이들이 모여 '환상의 나라'가 된 것일 수도 있겠지만, 생기를 얻어갈 수 있는 곳임은 분명했다.

어설픈 조각상과 칠이 벗겨진 놀이기구가 있는 곳이지만 좋은 사람들과 꼭 다시 오고 싶다.

넓다! 싸다!

입학한 지 얼마 되지 않았을 때 아이스크림을 물고 교문을 통과하다 제지를 당한 적이 있다. 교내 음식물 반입금지 규정이 있는데 미처 알지 못했던 것이다. 경비 아저씨 또한 내가 학교 교칙을 모르는 외국인 신입생이라는 걸 알 리 없으셨다. 이 문제로 말이 통하지 않는 아저씨와 나는 한참을 오해하며 당황스러워해야 했다.

이 교칙 때문인지 식당도 교문 밖에 있다. 구내식당이 아니라 구외식당이다. 중국 대학이 모두 그런가 했더니 주변에서도 우리 학교만 그렇다. 10동이 넘는 기숙사 역시 학교 밖에 있다. 유학생 기숙사만 덩그러니 학교 안에 있는 꼴이다. 그러니 식당이 학교 밖 기숙사 옆에 있는 것도 어쩌면 당연하다.

우리 숙소에서 학교 식당까지는 걸어서 10분이 좀 넘게 걸리는데 그 곳까지 가는 길목에는 식당이 20여 곳이 넘게 있다. 그러다 보니 가던 길 바로 못 가고 옆길로 새는 일이 허다해 학생 식당 밥을 맛보기까지 한 달하고도 반이 걸리게 된 것이다.

오늘은 한눈팔지 않고 꼭 가고야 말겠다며 작정하고 학생 식당으로 향했다. 드디어 도착해 체육관 같은 외양의 건물에 들어서니 식당이 한눈에 들어오지 않을 정도로 넓다. 테이블과 의자는 수를 세기 힘들 정도다. 한쪽에는 대형마트 푸드코트 마냥 각기 다른 음식을 파는 작은 식당들이 구획을 나누어 죽 늘어서 있다. 눈치껏 한쪽에 놓여 있던 나무젓가락과 식판을 빼 들었다. 나무젓가락은 방금 사용했던 것이라 건조가 덜 됐는지 축축하다. 주변을 둘러보니 자기 수저를 가지고 온 학생들이 눈에 띈다. 나도 다음에는 챙겨와야겠다는 생각을 하곤 식당 투어에 나섰다.

면 요리도 있고, 빵도 있고, 죽도 있었지만 밥이랑 반찬이 먹고 싶어 밥, 감자볶음, 토마토 계란볶음을 골랐다. 요리는 두 개밖에 고르지 않았는데 식판이 넘친다. 친구 식판을 보니 거기도 마찬가지다. 감자와 토마토 계란볶음의 경계가 사라질 만큼 담긴 음식은 8위안이다. 우리 돈으로 1,500원도 안 되는 돈이다. 그동안 다른 식당에서 밥을 사먹으며 사치를 했다는 생각이 들어 자연스레 반성이 된다.

내가 좋아하는 토마토 계란볶음은 설탕을 떠먹는 착각이 일 정
도로 달았고, 밥은 도저히 모두 먹을 수 없을 정도로 양이 많아
남겨야 했다. 기대한 만큼은 아니었지만 오늘은 첫날이니 이
정도로 만족하기로 했다. 하루에 한 가게씩만 들러도 매일이
다를 것이다. 싼 게 비지떡이라고 모든 식당을 다 돌아도 맛집
이 없을 수도 있겠지만 그건 그때의 일이니 나중에 생각하기로
한다. 우선은 모든 곳의 음식을 맛보는 게 중요하다. 언젠가는
맛없는 그 맛도 그리워질 때가 있을 거라는 걸 이제는 안다.

뜬금없이 터지는 불꽃

잊을 만하면 한 번씩 불꽃놀이가 시작된다. 우리나라였다면 어찌된 영문인지 몰라 궁금해했겠지만 여긴 중국이니까 결혼이든 개업이든 으레 그러려니 한다. 그래도 하늘에 퍼지는 둥글고 긴, 알록달록한 불꽃은 언제 봐도 황홀하다.

뜬금없이 터지는 불꽃이 있다. 그 불꽃으로 나는 지금 중국에 있다. 아주 가끔, 어쩌다 한 번씩 터지는 불꽃은 신기하고 설렌다. 매일 그러면 감당이 안 될 테지만.

좋은 날 행복한 마음으로 볼 수 있는 불꽃놀이를 기대한다. 특별 보너스처럼 반갑게 맞이할 수 있을 만큼 아주 가끔 한 번씩만 팡팡 터져주기를.

● **재미있는 중국 이야기 1**

발음이 만들어낸 행운과 금기

● 본래의 단어와 음이 같거나 비슷한 글자를 사용하여 다른 의미를 나타내는 단어를 만들어내는 것을 '해음(諧音)'이라고 한다. 해음은 언어유희로 사용되거나 새로운 문화를 만들어내기도 한다. 중국인들의 생각과 문화를 이해하는데 도움이 될 만한 대표적인 해음현상 몇 가지를 소개한다.

○ **부자되기를 기원하는 옥배추 조각상**

중국에서는 작은 배추 조각상에 돈이 꽂혀 있는 모습을 자주 볼 수 있다. 옥으로 만든 배추는 중국어로 '玉白菜 [yùbáicài 위바이차이]'라고 하는데 동음이의어인 '遇百財(財) [yùbǎicái 위바이차이]'에는 '돈을 많이 벌다 / 횡재하다'라는 뜻이 있다. 중국 설화에서 시작된 이야기로, 글자와 성조만 다를 뿐 발음이 같아 배추 조각상을 두면 좋은 기운이 생겨 부자가 된다고 믿는다. 배추상은 보통 눈에 잘 띄는 상점 입구 혹은 계산대 위에 놓는다. 크기도 연필꽂이만한 것부터 어른 허리까지 오는 것까지 다양하다.

▶ 玉白菜 [yùbáicài 위바이차이] : 옥배추

▶ 遇百财 [yùbǎicái 위바이차이] : 돈을 많이 벌다 / 횡재하다

○ **자동차에 붙어 있는 도마뱀 스티커**

　　차 트렁크 쪽 어딘가에 도마뱀 스티커를 부착한 차들을 중국 거리 곳곳에서 볼 수 있다. 도마뱀 중에서도 '개코 도마뱀 [壁虎 bìhǔ 비후]'을 형상화한 것인데 '비후'라는 음이 '화를 피하다'라는 뜻의 '避祸(禍) [bìhuò 비훠]' 또는 '보호하다'의 의미인 '庇护(護) [bìhù 비후]'와 발음이 비슷해 안전을 기원하는 의미로 도마뱀 스티커를 붙인다. 볼록하게 입체감이 있어 눈에 잘 띄는데, 특정사의 엠블럼을 차용한 것으로 크기와 색만 조금 다를 뿐 모양은 대개 비슷하다.

▶ 壁虎 [bìhǔ 비후] : 도마뱀

▶ 避祸 [bìhuò 비훠] : 사고를 피하다

▶ 庇护 [bìhù 비후] : 보호하다

○ **기다리던 고백데이 5·20**

　　해음현상은 새로운 기념일을 만들어내기도 한다. 요즘 시끌벅적한 날 중 하루인 5월 20일과 5월 21일이 이 날에 해당한다. 많이 알려진 대로 중국어로 '사랑하다'는 '我爱你 [wǒàinǐ 워아이니]'

인데 5월 20일과 5월 21일에서 월과 일을 뺀 520, 521의 발음이 각각 '五二零 [wǔèrlíng 우얼링]'과 '五二一 [wǔèryī 우얼이]'로 '워아이니'와 비슷해 고백데이로 급부상했다. 현재는 발렌타인데이 [情人节 칭런지에]와 화이트 데이 [白色情人节 바이쓰어칭런지에] 만큼 인기가 있다.

▶ 我爱你 [wǒàinǐ 워아이니] : 사랑해
▶ 五二零 [wǔèrlíng 우얼링] : 520
▶ 五二一 [wǔèryī 우얼이] : 521

○ **중국 춘절 음식 '물고기 떡'**

등에 선명한 주황빛이 감돌고 눈과 입이 또렷이 잘생긴 비단 잉어 모양으로 떡을 만든 '年糕鱼 [niángāoyú 녠까오위]'는 남방 지역 춘절음식 중 하나다. 춘절에 "年年有余 [niánniányǒuyú 녠녠요위]"라는 말을 주고받는데 '매년 풍요롭길 바란다'는 의미이다. 이때 여유롭다는 뜻의 '余 [yú 위]'와 물고기 '鱼 [yú 위]'의 발음이 같고, 발전하다(상승하다)는 뜻의 '高 [gāo 까오]'와 떡을 의미하는 '糕 [gāo 까오]'의 음이 같아 물고기 모양의 떡을 춘절에 먹는다.

떡이기 때문에 플라스틱 케이스에 담아 냉장칸이나 실온에 진열하여 판매한다. 끓는 물에 5~10분간 삶으면 먹을 수 있지만 그보단 관상용으로 더 많이 쓴다.

▸ 年年有余 [niánniányǒuyú 녠녠요위]

= 매년 풍요롭길 바랍니다.

▸ 年糕鱼 [niángāoyú 녠까오위]

= 신년에 먹는 물고기 모양의 떡

○ **크리스마스 이브의 평안한 밤을 기원하는 '사과'**

크리스마스 이브 날 예쁘게 포장된 사과를 주고받는다. 알이 굵고 싱싱한 사과에 '圣诞快乐 (메리크리스마스)'라고 새겨진 사과를 판매하기도 한다. 크리스마스 이브를 평안한 밤이란 의미에서 '平安夜 [píngānyè 핑안예]'라고 하는데 사과 [苹果 píngguǒ 핑궈]의 앞 글자와 발음이 비슷하기 때문이다. 다소 엉뚱하다는 생각이 들기도 하지만 좋은 의미로 작은 선물을 주고받는 게 나쁘진 않은 것 같다.

02
나름의 적응

나홀로 외출

일요일 아침. 몸이 좋지 않아 늦게까지 누워 있었다. 몸 상태
와는 별개로 마음이 답답하다. '중국까지 와서 왜 이렇게 누워
있는 거야… 언제까지 다람쥐 쳇바퀴 돌듯 학교 주변만 배회할
거야…' 털고 일어나 외출 준비를 했다.

목적지는 일조시에서 가장 큰 마트 다룬파 [大潤发 따룬파]로
정했다. 친구들이 다녀와선 자랑을 했던 곳이다. 나라고 못 갈
것 없었다. 옅은 긴장감에서 오는 출출함을 따뜻한 대추차 한
잔으로 달래고 전의를 다지는 마음으로 버스에 올랐다.

출발이 좋아야 하는데 비가 내린다. 궂은 날씨가 탐탁지 않다.
더욱이 하차하는 곳을 몰라 건물을 보고 내려야 하는데 창은
이미 뿌옇다. 손바닥으로 연신 창을 닦아 밖을 살폈다. 창밖 보
랴 많은 사람들 뚫고 내릴 걱정하랴 가슴이 연신 콩닥인다. 한
참 뒤 드디어 멀리서 '大'자가 보인다. 동아줄 같은 큰 대자를

믿고 황급히 내렸다. 모로 가도 서울만 가면 된다더니 틀린 말은 아니었다.

부푼 마음으로 주변을 둘러보는데 대형마트 앞 풍경은 한국이나 중국이나 별반 다를 게 없다. 큰 건물, 주차장에 들어서기 위해 길게 늘어선 차들, 붐비는 인파. 한 층 한 층 오르며 탐색을 하는데 오락실과 롤러스케이트장이 보인다. 인라인이 아닌 바퀴 4개가 달린 롤러스케이트다. 현란한 미러볼 아래 익숙한 한국 걸그룹의 뮤직비디오도 흘러나온다. 음악도, 롤러스케이트도 나를 위한 것 같다. 예전 기억을 되살려 몇 바퀴 휙 돌고 싶지만 걱정이 앞선다. 다치기라도 하면 누가 나를 학교까지 데려다 준단 말인가. 마음을 다잡고 구경하는 걸로 만족을 했다.

오락실 옆은 푸드코트 구역인데 그 중에는 한국 식당도 있었다. 그곳에서 음식을 주문하려면 보증금 5위안을 내고 적립카드를 구매해야 했다. 당일 구매하고 환불도 되는 카드긴 하지만 귀찮았다. 그래도 아쉬운 자가 따라야 하는 법. 보증금 5위안과 미리 봐둔 된장찌개 값 15위안을 합해 총 20위안을 내고 카드를 만들었다. 여태 차 한 잔 마신 게 다라 그런지 된장찌개와 밥이 꿀맛이었다. 밥을 먹고 소화도 시킬 겸 마트를 한 바퀴 도니 어느새 밖이 어둑어둑하다. 아직 중국의 밤거리가 익숙하진 않아 서둘러 버스를 타고 학교로 돌아왔다.

학교 앞에서는 경험하지 못하는 교통체증을 겪으며 비오는 날 주말을 즐겼다. 버스타고 대여섯 정거장 왔을 뿐인데 이렇게 뿌듯할 수가 없다. 조금씩 더 멀리 가보리라 다짐한다.

해본다는 것, 할 수 있다는 자신감을 가진다는 것이 삶에서 얼마나 큰 힘이 되는지 알기에.

달디 단 낮잠, 우자오

"너희 낮잠 안 잔거야?"

병든 병아리마냥 조는 학생들을 향해 선생님께서 한말씀 하신다. 일주일에 한 번 뵙는 선생님도 반갑고, 중국문화 수업도 재밌지만 안 졸린 게 이상한 봄날 오후 3시다. 그나저나 서른이 넘어 낮잠 안 잤다고 혼날 날이 올 줄은 몰랐다.

중국에는 낮잠 문화가 있다. 세상 어디에나 낮에 자는 잠은 있으니 공식적으로 낮에 잘 수 있는 시간이라고 해야 맞겠다. 중국의 점심시간은 보통 12시부터 2시까지다. 밥 먹고, 차 마시고, 산책하고 나면 짧게는 20분 길게는 1시간 정도 자는 게 가능하다. 낮잠이 건강에 좋고, 오후 시간의 일을 효율적으로 할수 있게 한다고 생각해서 어릴 때부터 낮잠을 교육한다. 중국 경제가 성장하면서 대도시 위주로 낮잠 문화가 점차 사라지고 있지만 아직까지는 회사 한켠에서 책상에 엎드리거나 기대어 자는 것을 허용하는 분위기다.

중국에 왔을 때 가장 황홀했던 것이 바로 긴 점심시간과 그 속에 포함된 낮잠, 우자오 [午覺, 우지아오] 였다. 대학 다닐 때도 그렇고 사회생활하면서도 그렇고, 점심시간이 촉박해서 편의점 꿀빵을 꾸역꾸역 씹어 삼키며 배고픔을 채워야 했던 게 한두 번이 아니었다. 급하게 먹고 할 일 하기 바빴던 건 학창시절에도 마찬가지였다.

같은 하루인데 그때와 지금은 왜 다를까. 정해진 시간과 주어진 일이 달라서일 수도 있겠지만 지금 생각해보면 마음가짐의 차이였던 것 같다. 시간을 쓰는 방법도 몰랐던 것 같다. 점심시간이 몇 시간이라 한들 또 욕심을 내 일을 만들어낸다면 정신없기는 매한가지일 것이다. 이곳에선 매일 여유롭기 위해 노력한다. 게으른 것과 휴식을 취하는 것의 차이도 알게 됐고 그렇게 시간을 보내기 위해 연습도 한다.

어느 곳에 있든 시간은 같다. 매일을 느끼고 감사하며 지치지 않는 삶을 살고 싶다. 모르고 왔지만 운명처럼 이곳에 오게 된 이유가 그것이 아닐까 싶다.

그새 익숙한 일조의 토요일

눈을 뜨자마자 후회가 밀려온다. 심한 건성피부인데 화장품을 제대로 바르지 않고 잠들었고, 알레르기 약도 먹지 않았다. 중국은 한국보다 2배는 건조하니 오늘 하루 종일 2배로 피부가 당기고 아플 것이다. 또 약을 미리 먹지 않았으니 종일 훌쩍거림과 졸림, 머리아픔을 견뎌내야 한다.

나도 모르게 중국생활에 익숙해졌다. 일상이라고 생각되니 세심함도 줄어든다. 익숙하다는 것이 무심하다는 것과 같은 의미였었나?

얼굴이 따갑고 콧물이 난다. 일어나서 로션을 바르고 밥을 먹고 약을 먹고. 노래를 들으며 지금의 본분인 중국어 공부를 해야겠다. 익숙해도 무심하게 지나쳐서는 안 되는 일들이 있으니까.

부러운 시절

어학원의 외국인 학생들은 대부분 20대 초반으로 교환학생 신분이다. 자국의 소속 대학에 등록금을 내고 중국에서 대학생활을 하고 있는 것이다. 학생들이 마냥 부럽고 멋지다.

내가 대학을 다닐 때만 해도 교환학생 되기가 지금보단 까다로웠다. 학업 성적이 뛰어난 학생 두어 명 정도가 선발됐고, 그마저도 어학 관련 학과가 유리했다. 그러나 평계가 반 이상이고 나는 외국생활에 호기심이 없었다. 고로 노력도 하지 않았다. 내 세계가 아니기 때문에 나에게는 기회조차 오지 않을 것이라고 단정지었었다. 이질적이고, 너무나 큰 바람인 것 같아 꿈조차 꾸지 않았던 것이다.

20대에 오지 못하고 30대에 와보니 특별한 누군가만의 세계는 아닌 것 같다. 어리고 씩씩했던 시절에 다른 나라의 문화를 경험하지 못한 것이 못내 아쉽기만 하다. 나와 달리 20대 초중반에 다른 나라의 문화를 보고 겪은 이들이 부럽다. 언젠가 사회에서 나와 함께 경쟁할 그들의 눈과 머리가 얼마나 크고 반짝일지 가늠조차 되지 않아 초조해진다. 감히 내가 따라갈 수가 없을 것 같다.

그러나 또 이런 한풀이를 들은 인생 선배들은 이런 내 생각을 우습다 하실 테다. 고작 30대에 인생 다 산 듯 이야기하는 것이 투정일지도 모른다. 늦지 않았다고 생각하고 싶다. 나는 교환학생이 아니니 그들보다는 조금 여유가 있다. 이수해야 할 학점과 성적도 없다. 그런 면에서는 20대를 보내고 30대가 된 것도 나쁘지 않다. 30대가 되기까지, 학교를 졸업하고 내 일을 찾기까지 힘들었기에 다시 그 시절로 돌아가고 싶지도 않다. 그래도 그들이 이야기하고 노는 모습을 보면 예쁘다. 참 부러운 시절이다. 그들의 지금을 잠시나마 공유해주고 옆에서 곁눈질할 수 있게 해주어 고맙다. 그러니 부지런히 아이스크림이라도 열심히 사줘야겠다.

웬페이의 송별회

웬페이는 곡부사범대학교 일조 캠퍼스에 교생실습을 온 곡부사범대학교 교육학과 학생이다. 수업 첫날부터 어학원 학생들이 수업하는 모습을 지켜봤고, 2주 전부터는 직접 수업도 했다. 우리는 수업을 받는 학생이고, 웬페이는 어학원생들을 지켜보는 교육생이었지만 매일 한 강의실에 있다 보니 자연스럽게 친구가 됐다.

나는 웬페이의 발랄하고 똑 부러지는 모습을 좋아했다. 한번은 함께 칭다오에 해산물을 먹으러 갔는데 한 상인이 우리가 진로 방해를 한다며 생트집을 잡았다. 우리가 당황해서 어쩔 줄 몰라 하자 웬페이가 우리를 대신해 상인을 대적해 주었다. 20대 초반의 작고 어린 아가씨가 어찌나 당차던지 그날 이후 나는 그녀의 왕팬이 되었다.

웬페이와 우리는 거의 매 주말마다 만나 외출을 했다. 서로의 친구들을 소개하며 밥을 먹기도 하고, 근거리 여행도 했다. 나와 내 친구들의 중국어 실력이 좋지 않아 제대로 된 의사소통을 할 수 없어 답답하고 외로웠을 텐데 한 번도 얼굴을 찌푸리거나 귀찮아하지 않았다. 계속해서 인내심을 가지고 우리의 잘못된 단어와 문장 그리고 발음을 교정해 주었다. 우리에겐 최고의 선생님이자 중국문화 사절단이었다.

시간이 흘러 웬페이가 교생실습을 마치고 본교로 돌아갈 시간이 되었다. 우리는 그동안 선생님이자 친구였던 그녀에게 고마운 마음을 전하기 위해 송별회를 계획했다. 웬페이에게 뭐 먹고 싶은 것 없냐 물으니 드라마에서 본 한국음식이 궁금하다고 한다. 일조시에 있는 한식집을 수소문해 웬페이에게 삼겹살과 파전, 막걸리를 대접했다. 오랜만에 먹는 삼겹살도 맛있었고 입맛에 맞다며 좋아하는 그녀의 모습을 보는 것도 행복했다.

나는 웬페이에게 선물하기 위해 사진을 뽑고, 짧은 편지를 쓰고, 선물을 포장했다. 그동안의 시간들이 하나둘 떠올랐다. 웬페이가 꼭 한국에 와서 함께 명동 쇼핑을 했으면 좋겠다. 상상하기 힘들다던 육회도 꼭 사주고 싶다. 고마워 妹妹.

중간고사만 41번째

마흔 한 번째 중간고사가 끝났다.

초등학교 열두 번

중학교 여섯 번

고등학교 여섯 번

대학교 학부 여덟 번

대학원 석사 네 번

대학원 박사과정 네 번

대학원 과정에서는 중간고사가 소논문으로 대체된 적이 많지만 형식을 떠나 평가라는 것에 기준을 둔다면 나는 오늘 마흔한 번째 중간고사를 봤다. 어학연수에도 중간고사가 있을 줄은 꿈에도 몰랐다.

내가 마흔 한 번째 중간고사를 볼 만큼 오랫동안 공부하고 있

을 줄도 몰랐고, 마흔 한 번째 중간고사를 중국에서 보게 될 줄
도 몰랐다. 몰랐던 게 아니라 상상도 못한 일이다. 지금으로선
마흔 두 번째 중간고사는 원치 않는다. 지긋지긋하기도 하고,
더 이상 어떤 의미를 두어야 할지도 모르겠다. 그런데 또 은근
기대가 되기도 한다. 내 앞에 어떤 일들이 펼쳐질지. 어떤 일이
생기더라도 가능하면 다른 사람들에게도 좋고, 나에게도 좋은
일. 그런 일만 생기길 바랄 뿐이다.

시끄러운 소리 적당히 걸러내기

번화가 사거리 한쪽에 당당하게 자리를 잡고 헌책을 파는 아저씨가 계신다. 자세 교본이 존재하기라도 한 듯 매일 같은 모습이다. 의자에 기대어 적당히 다리를 벌리고 고개를 45도쯤 숙이고 두 손은 책을 잡고 있다. 눈은 무릎 위 책 외에는 어떤 곳도 향하지 않는다. 사람들 떠드는 소리, 자동차 경적소리에 아랑곳하지 않고 한결같이 책을 보는 아저씨의 모습은 경이롭기까지 하다.

아저씨에게는 세상 어떤 소리도 들리지 않는 것 같다. 누군가는 "저러니 돈을 못 번다"고 할 테고 또 누군가는 "책본 걸 써먹어야지 백면서생은 쓸모가 없다" 하겠지만 정작 아저씨는 남의 의견 따윈 관심도 없어 보인다. 얼마나 풍요롭고 행복한지는 모르겠지만, 적어도 남 탓 환경 탓은 안 하고 사실 분 같다. 아저씨가 만든 시간과 공간에 있을 뿐이다. 책 실컷 보고 싶으셔서 책을 파시는 것 같기도 하다.

요즘은 나 혼자만 행복하면 안 되는 세상이지만 리어커 책방 주인아저씨는 세상 부러울 것 없어 보인다. 책 사면서 아저씨랑 이야기 한번 해볼 걸 하는 후회가 된다. 아저씨를 다시 만나긴 힘들겠지만, 아저씨처럼 나 역시 시끄러운 소리 적당히 걸러내고 행복했으면 좋겠다.

오랜만의 봄 운동회

한 달 전부터 운동회 준비로 학교가 시끌하다. 운동장 곳곳에
선 예선 경기가 한창인데 눈이 가는 건 운동 경기가 아니라 사
방에서 펼쳐지고 있는 매스 게임이다. 학과별 대항이 이뤄지기
때문에 연습을 하고 있는 것이다. 화가 난 듯한 학과 대표의 확
성기 구율에 맞춰 학생들은 열심히 자기의 임무를 다한다. 신
기하고 낯선 모습이자 이곳이 사회주의 국가임을 새삼 느끼게
하는 장면이다. 예선 경기든 매스 게임이든 연습하는 모습을
보고 있노라면 누군가에겐 자의, 누군가에게는 타의임이 분명
해진다. 내가 저 자리 어딘가에 있었다면 분명 타의에 의해서
였을 거란 생각이 절로 든다.

학교에서는 유학생도 학교의 일원이라며 운동회 참여를 권유
했다. 망설이다 개회식 행진일 뿐이니 해볼 만하다 싶어 하기
로 했다. 짧게나마 이 학교에 적을 두고 있으니 학생으로서의

예의라는 생각도 들었고 중국의 운동회가 어떨지 궁금하기도 했다.

운동회 며칠 전에는 4열종대로 행진하는 연습도 했다. 행진이라기보다는 흐느적거리는 큰 걸음에 가까웠지만 오랜만에 진짜 학생이 된 듯한 기분이 들었다. 운동회 전날 선생님께서는 유학생 단체 티셔츠도 나눠주셨다. 가슴 왼쪽 부분에 학교 로고만이 덩그러니 새겨진 평범하기 짝이 없는 흰색 면 반팔 티셔츠였다. 그런데 그게 뭐라고 마음이 들떴다.

운동회 날 아침. 늦지 않기 위해 잔뜩 긴장을 하고 일찍 일어났건만 창밖에는 비가 주룩주룩 내린다. 오늘은 날이 아닌가 보다 했는데 지나가는 비라며 학교에서는 운동회를 강행했다. 무거운 걸음으로 운동장에 오니 그곳은 이미 학생들로 가득 차 있다. 비 때문인지 운동장은 더욱 어수선하게 느껴졌다.

기상예보와 달리 비는 그칠 기미가 보이지 않았다. 결국 우산도 없이 비를 맞으며 행진을 했다. 머리를 타고 흘러내리는 비와 씻겨 내리는 선크림에 눈이 따가웠다. 그렇지만 비가 만들어내는 발밑 흙먼지의 소란스러움과 행진을 하며 우리에게 시선이 집중되고 있을 거란 착각이 뒤섞여 흥분을 가중시켰다. 비를 맞아 말이 아닌 몰골로 걷는데 어디선가 꼭두새벽부터 고

데는 괜히 했다는 푸념을 하는 소리가 들려온다. 모두가 고개를 숙인 채 낄낄댔다. 그때, 이곳에 오려고 그 많은 밤을 새길 잘했다는 생각을 했다.

나중에 또 매일이 다르지 않은 일상을 보내다 지치게 되더라도, 떠올리는 것만으로 엔돌핀을 충전할 수 있는 기억을 만들어냈으니 말이다.

"편해요"

중국에서 1년 동안 공부했던 후배에게 중국생활에 대해 물었었다. 후배는 한참을 생각하더니 이 말 밖에는 없겠다는 표정으로 "편해요"라고 이야기했다.

서로 얼굴을 마주 보고 멋쩍게 웃었다. '가보면 알거예요'라고 말하는 듯한 아리송한 표정의 경험자와 '귀찮아서 대충 얘기하는군'이라고 생각한 미경험자. 두어 번 여행으로 다녀온 중국은 아무리 잘 봐주어도 편한 것과는 분명 거리가 있는 곳이었다.

중국생활 중 잠깐 한국에 온 나에게 친구들이 물었다.

"중국 어때?"

"… 편해."

어떤 것이? 굳이 말하자면 식당과 상점에 종업원과 아르바이트생이 많아 문의나 주문이 편하고(가끔은 손님보다 종업원

수가 더 많고), 그래서인지 패스트푸드점과 카페에선 일반 식당과 마찬가지로 쓰레기를 종업원이 정리해주는 것이 관행으로 되어 있고, 은행과 우체국 등 관공서가 주말에도 업무를 하고, 식재료가 저렴하고(특히 야채와 과일이), 대도시를 제외하곤 밤 문화가 발달하지 않아 10시 이후에는 동네가 조용하고, 마사지를 저렴하게 받을 수 있고, 화장을 안 해도 게으르고 자기관리 못하는 여자라는 평을 들을 일이 없고, 나이에 상관없이 휘황찬란한 양산을 써도 길 가다 다시 한 번 뒤돌아보며 수근대는 이가 없고, 집 앞에서 선글라스를 껴도 실눈을 뜨는 이가 없고, 타오바오엔 뭐 이런 것까지 있나 싶을 정도로 다양한 것들이 있고(물건의 질을 모두 보장할 순 없지만), 와인에 오프너가 한 세트이거나 밀폐용기에 숟가락을 낄 수 있는 홈이 있는 기발한 생각과 물건들이 존재하고….

얼마간의 중국생활 후 나는 후배와 같은 생각을 하게 되었다. 전 세계를 다니진 못했지만 여행한 곳 중 우리나라만큼 편하고 살기 좋은 곳은 없었다. 어디 가나 화장실 많고 깨끗하고, 편의점이 곳곳에 있고, 늦게까지 문 여는 곳 많아 갈 곳 다양하고, 친절하고 안전하다. 그런데 잠깐이나마 살고 있는 중국도 나름의 편함을 갖추고 있다. 어떤 맥락과 규칙이 있는 것은 아니지만 이곳만의 방식이 있다.

화나고, 말도 안 된다고 생각되는 일들이 수도 없이 많지만 그러한들 이방인이 바꿀 수 있는 건 미미하다. 내가 살던 곳과 다르다고 해서 이곳의 문화를 도외시할 수도 없다. 나쁜 것만 꼽아 보기에는 시간이 아깝고 소중하다. 내가 이곳에서 받은 감동, 눈이 번쩍할 만큼 기발했던 아이디어, 이전에 알지 못했던 지혜와 지식만 꼽아 남겨두고 싶다.

이해하고 포용하고 사랑하고

외출하고 돌아가던 차에 그 길목 카페에서 일하고 있는 친구 생각이 났다. 얼굴이나 볼 겸 들렀는데 마침 손님이 없다. 잠깐 동안이었지만 열심히 수다를 떨고 인사를 하려는데 친구가 손에 음료를 쥐어준다. 비가 오니 기숙사에 가서 따뜻하게 마시라며 생글생글 웃는다. 손에는 우산에 가방에 짐이 한가득이고 괜히 머쓱하기도 해서 고맙단 말도 제대로 못하고 서둘러 카페를 나왔다.

기숙사로 돌아와 책상에 앉아 음료를 꺼내드니 테이크아웃 컵에 포스트잇이 붙어 있다. 중국어가 서툰 나에게 주스 이름을 알려주려고 한자를 쓰고, 읽기 쉬우라고 중국어 로마자 표기법인 핀인을 적어둔 것이다. 이런 배려를 받아본 적이 언제였었나… 눈과 코가 시큰해진다. 차 한 모금 마시고, 종이에 적힌 단어를 한 글자 한 글자 찾아보았다.

▶ 芒果益菌多 [mángguǒyìjūnduō]

▶ 芒果 [mángguǒ] : 망고 / 益菌 [yìjūn] : 유산균 / 多 [duō] : 많다

유산균이 들어간 망고음료. 망고 요구르트 정도 되는 것 같다.
입도 마음도 따뜻함으로 평온해진다.

며칠 전 중국 친구와 작은 다툼이 있었다. 문화 차이에서 비롯
된 오해였던 것 같기도 하고, 이해의 관점이 달랐던 것 같기도
하다. 문제의 시작점조차 명확치 않았기에 친구와는 결국 어색
한 사이가 돼버렸다. 오해가 없도록, 내 마음을 충분히 표현하
고 상대방의 의도를 알아들을 수 있을 정도로 언어가 유창해지
기 전까지는 친구를 사귀지 않아야겠다는 다짐도 했었다. 그런
데 오늘은 사람 사이의 그 정도 불편함은 어쩔 수 없는 일이니
풀어나갈 수 있다는 생각이 든다.

친구가 건넨 따뜻한 차 한 잔이 내 상처를 아물게 했다. 상처도
치유도 내 뜻은 아니었지만 나쁘지 않다. 불편한 감정 정도는 단숨
에 사그러뜨릴 수 있는 사랑의 아이템들이 곳곳에 숨겨져 있다
는 걸 확인했기 때문이다.

모두가 같을 수는 없다는 걸 안다. 나의 누군가에게도 망고주
스를 손에 쥐어주며 이해하고 포용하고 싶다.

먹어보니 먹을 만하다

외국 여행은 좋지만 그 나라의 음식은 달갑지가 않다. 태국에선 고수가 들어간 똠양꿍 대신 초밥을 먹었고, 유럽에서는 짠 음식이 입에 맞지 않아 여행 내내 밍밍한 빵을 먹었다. 터키에선 강한 향신료 때문에 식당가는 게 두려울 정도였고, 이젠 보편화된 쌀국수도 나에겐 여전히 어려운 음식이다. 정말 촌스럽기 그지없는 입맛이다.

중국에 살러 오기 전 여행으로 몇 번 다녀간 적이 있다. 그때마다 여지없이 음식 때문에 고생을 했었다. 공자 장학생이 되기 위해 공부를 하는 순간에도 밥이 걱정이었다. 먹지 않으면 병이 나는 체질인데 버틸 수나 있을런지. 그래도 우선 붙고나 보자며 마음을 다스렸다. 그만큼 중국에 오고 싶은 마음이 간절했다. 합격이 결정된 후에는 매일 걱정을 했다. 위염까지 심해져 기름기 가득한 중국 음식을 떠올리면 눈물이 날 지경이었다. 출국하는 날 캐리어에는 처방받은 위장약, 그리고 인스턴트 죽과 국이 가득했다.

중국에 도착한 날, 함께 공부할 학생들과 어학원 관계자를 만나 학교에 왔다. 환영식과 저녁 만찬을 기대했지만 예상과 다르게 방 배정 후 그대로 남겨졌다. 아침부터 제대로 먹지 못했기 때문에 배고픔을 참을 수가 없었다. 다른 친구들도 나와 마찬가지였는지 삼삼오오 모여 낯선 곳에서 식당을 찾기 시작했다. 나는 한 학기 선배를 따라 학교 근처에 있는 식당에 갔다. 아직 개학 전이라 문 연 곳이 많지 않은데 개중 맛집이라고 했다. 배고팠지만 한편으론 그 맛이 두려웠다. 살뜰히 챙겨주려 하는 선배를 위해서라도 맛있게 먹어야 했다. 다른 친구들의 표정을 보니 나와 다르지 않은 듯했다.
선배는 한국 유학생들이 즐겨 먹는 음식을 주문해줬다. 애써 웃으며 흰쌀밥 한술 뜨고 요리도 한입 머금었다. 그런데 웬걸? 맛있다. 시장이 반찬인 것인지 먹고살아야 한다는 생각 때문인지. 먹을 만한 게 아니라 진짜 맛이 있었다. 여행지에서 먹었던 음식과는 차원이 달랐다. 그 한입에 두려움은 희망으로 바뀌었다. 이후 나는 매일 다른 중국음식을 맛봤다. 그것이 학교생활의 재미였다. 나랑 생각이 같은 밥 친구들을 만난 것도 행운이었다. 우리는 작은 동네에서 중국 요리 투어를 했다. 가끔은 정말 먹기 힘든 요리도 있었지만 대부분 만족스러웠다. 다니다 보니 자연히 식당에 손님이 별로 없는 음식점은 가지 않게 되었다. 그런 곳은 가격이 비싸거나 맛이 없어서 꼭 후회할 일이 생겼다. 너무도 당연한 논리였다. 맛있는 건 누가 먹어도 맛있는 것이었다.

지금 생각해보면 제대로 경험해보지도 않고 지레 걱정을 했었다. 관광지 식당이야 배를 채우기 위한 곳이 많은 게 당연한데 그것으로 모든 걸 판단했다. 중국음식, 먹어보니 먹을 만하다. 10년을 살아도 끝끝내 맞지 않는 사람도 있겠지만, 새로운 문화를 받아들이기 위해선 몇 번의 도전은 필요한 것 같다. 선불리 판단하고서 경험해보지 않기에는 세상에 좋은 것들이 지천이다.

추억의 매개물이 될 쌀

중국 마트의 장점은 곡물을 눈치 보지 않고 아주 조금씩 살 수
있다는 것이다. 각각의 봉지에 쌀과 잡곡을 양껏 담아 우리나
라 마트에서 야채와 과일을 사듯 저울에 잰 후 가격이 적힌 스
티커를 붙여 계산하면 끝이다.

내가 자주 가는 마트에는 성인용 킹사이즈 침대만한 널판에 쌀
이 가득 담겨 있다. 그걸 볼 때마다 손으로 마구 휘저어보고 싶
은 충동이 든다. 어느 지역에서 온 것인지 한 봉지 가격이 얼마
인지는 궁금하지도 않다. 영화에서 돈방석 위에 누워 돈을 뿌
리듯 쌀침대에 누워 쌀을 뿌리며 굴러보고 싶은 생각뿐이다.
어릴 때 밀가루 장난을 실컷 못해서 미련이 남았나 보다. 집에
서 음식으로 장난을 칠 때야 어른들께 혼나는 걸로 끝나겠지만
여기서 쌀을 가지고 장난쳤다가는 공안과 팔짱을 끼는 경험을
하게 될 거다.

얼마 전, 텔레비전에서 귤 축제 현장을 봤다. 귤을 던지며 게임
도 하고, 으깨서 마사지도 하고, 귤을 띄운 물에 목욕도 하며 축
제를 즐기는 모습이 소개되고 있었다. 한껏 으깨고 던지고 몸
에 바르는 것이 룰이다. 귤이 아니더라도 그 유명한 토마토 축
제도 있으니 나만 이런 게 아닌 건 분명하다.

집으로 돌아왔을 때 쌀을 보면 중국이 떠오를 것 같다. 매번 나
의 마음을 요동치게 만든 쌀. 참으로 생각지도 못한, 멋없는 매
개물이다. 하지만 밥보다 중요한 건 없으니. 쌀! 추억의 매개물
로 이만하면 괜찮다.

린란이네 단오 종쯔

린란이 단오절 [端午节 뚜안우지에] 에 집에 다녀오면서 종쯔 [粽子 쫑쯔] 를 가져다주었다. 단오절 전통 음식인 종쯔는 전국 시대 초나라의 굴원을 추모하기 위해 먹기 시작했다고 한다. 찹쌀에 팥, 대추, 돼지고기, 계란 노른자 등의 소를 넣고 종려나무 잎이나 대나무 잎으로 감싸 찐 음식인데 집집마다 재료의 특색이 있다. 그렇지 않아도 수업시간에 배운 명절 음식 종쯔가 궁금했는데 이렇게 짠~ 하고 선물로 주니 고마울 따름이다. 린란의 할머니께서는 종쯔에 찹쌀과 대추를 넣으셨다. 종려나무 잎을 벗겨낸 후의 모양과 맛은 우리나라의 약밥과 비슷했다. 할머니가 손녀를 위해 만드셨다는 명절 음식. 사랑받는 린란이다. 사랑은 멀리멀리 전해지는 것이라더니 이렇게 나에게까지 전해졌다. 단맛이 도는 주먹만한 크기의 종쯔는 나의 마음도 든든하게 채웠다.

정성으로 음식의 재료를 고르고 다듬어 만들면, 받는 이는 눈과 코와 입과 마음으로 음식을 먹는다. 사랑을 표현하며 감동을 주고받는 오래된 방식이다. 아마도 알약으로 식량이 대체되지 않는 이상 영원불변하게 이어질 방식이지 않을까 싶다.

계란과 함께 먹는 팡볜멘

배고픈데 먹을 게 없다. 귀찮아서 사러나갈 생각도 없다. 어쩔 수 없이 책상 위에 있던 중국 컵라면, 팡볜멘 [方便面 팡비엔미엔]을 집어 들었다. 호기심에 사긴 했는데 구미가 당기질 않아 장식용으로 두던 것이다.

먹을까 말까 고민을 하며 컵라면 용기를 살피는데 뚜껑에 계란 사진이 있다. 건조 계란 건더기 스프가 들어 있거나 면을 계란으로 반죽했다는 얘긴가 보다 하곤 별스럽지 않게 뚜껑을 뜯었다. 그런데 웬 걸 면 위에 진짜 훈제 계란이 있다. 나도 모르게 탄성이 흘러나왔다.

컵라면에 뜨거운 물을 부으며 생각해보니 진공포장한 계란을 건면 위에 얹어 놓는 것이 어려운 일은 아니다. 계란 옆에는 작은 플라스틱 포크도 있다. 컵라면 먹을 때 젓가락이 없어서 난감했던 적이 한두 번이 아닌데 용기 안에 있으니 딱이다.

우리나라에서는 왜 컵라면에 젓가락이나 포크를 넣지 않을까? 젓가락은 길이가 길어 안 되고, 포크는 플라스틱 성분이라 면에 직접 닿으면 사람들이 싫어하나? 어차피 분말 스프 포장지도 면에 닿으니 그게 그거일거 같긴 한데…. 혼자 머리를 굴리다 그동안 해왔던 방식이려니 하곤 생각을 접었다. 중국에 온 이후 알맹이는 같은데 모양새가 다를 때 계속 생각을 하게 된다. 마땅한 답이 없어 이렇게 생각을 멈추게 될 때가 많지만 말이다.

뜨거운 물을 붓고, 기다리라는 만큼 기다렸다가 먹기 시작했다. 눈에 보일 정도로 기름이 많았지만 먹을 만했고, 배가 불러 힘들 정도로 양도 많았다. 감탄해 마지 않던 라면 안 훈제 양념 계란은 입에 맞지 않아 결국 절반밖에 먹지 못했다. 아직은 한국 라면이 더 좋고 구하기도 쉬워 굳이 찾아서 또 먹을 것 같진 않다. 그래도 새로운 경험으로 사색의 시간도 갖고, 가뿐하게 한 끼 잘 해결했으니 이 정도면 98점!

세상에 헛된 것은 없다더니

학교 사무실에 잠시 다녀가라는 연락을 받았다. '나만 왜?' 괜히 가슴이 뛴다. 예나 지금이나 선생님이 부르시면 무서운 건 매한가지다. 사무실이 어디 있는지도 몰랐던 터라 알려주신 대로 찾아갔다. 노크를 하고 들어서니 눈이 휘둥그레진다. 깔끔하게 정돈된 방에는 중국 전통 장식품들이 놓여 있다. 소파에 앉아 사방을 두리번거리고 있는데 선생님 한 분이 들어오신다. 간단하게 중국어로 인사를 나눴다. 후에는 나의 학력과 학과 과정에 대한 질문이 쏟아졌다. 기초 중국어만 가능했던 터라 정확하게 답하기가 어려웠다. 부랴부랴 통역이 가능한 친구에게 도움을 요청했다.

친구가 온 후 나는 사실상의 면접에 돌입했다. 전공과 중국에 온 경위 그리고 결혼 유무, 앞으로의 계획 등의 질문이 이어졌다. 학교와 어학원에서 한국어 강사를 모집하는데 어학원 학생부를 검토하다 특이하게 다른 학생들에 비해 나이도 많고 이미 박사과정을 수료한 내가 발견된 것이었다. 예고 받지 못한 면접이 다소 당황스러웠지만 어쩌면 생각지도 못하게 외국에서 일할 수도 있겠다는 생각이 들어 가슴이 두근거렸다.

'아직 나는 필요한 사람이구나. 세상에 헛된 것은 없구나…'

박사 과정을 수료하기까지 하고 싶은 공부였기에 의욕은 앞섰지만 공부도 주위의 시선도 힘들었다. "돈은 벌고 있는 거야? 박사가 되면 뭘 하는 거야?" 같은 현실적인 질문을 받을 때면, 이미 사회에서 당당하게 자리를 잡은 친구들이 한없이 부럽기만 했다. 그렇지만 내가 선택한 일을 후회하고 싶지는 않았다. 번듯한 미래를 확신할 수는 없지만 분명 배우는 일은 나를 성장시키고 있었다.

지원자 중 한 명이 되어 면접을 봤을 뿐이지만 내가 다시 나로 설 수 있다는 확신이 들었다. 돈을 많이 버는 일은 아니지만 내가 할 수 있는 일, 나를 찾는 사람이 있다는 것만으로도 그동안의 노력을 보상받는 것 같았다. 이래서 어른들 말씀 중에 틀린 말 별로 없다고 하는 것 같다.

"뭐든 열심히 해라. 언젠가 다 쓸 데가 있다."

마카롱 〈 된장 우거짓국

몇 년 전에 기회가 되어 학교 친구들과 서유럽 배낭여행을 갔었다. 베르사유 궁전 일정이 있던 날, 궁전에 도착해서 각자 자유 시간을 갖기로 하고 흩어졌다. 그렇게 혼자 열심히 다니다 출구 쪽에서 마카롱 매장을 발견했다. 알록달록하고 동글동글한 마카롱을 보자마자 마음을 빼앗겼다. 마카롱을 먹어본 적이 별로 없어서 파스텔톤의 고운 마카롱 맛이 궁금하기도 했다. 안타까운 건 배낭 여행객으로서 지갑 사정이 빈하다는 것이었다. 친구들과 하나씩만 나눠 먹는다 해도 내가 가진 돈으로는 택도 없었다.

그래도 먹어보고 싶은 마음이 사그라들지를 않아 지갑을 탈탈 털어 작은 마카롱 4개를 샀다. 상자마저 예쁜 마카롱을 들곤 이러지도 저러지도 못했다. 한참을 들고만 다니다 너무너무 먹고 싶어서 끝부분을 살짝 베어 물었다. 지상에 이런 맛이 있구나 싶을 정도로 새로운 맛이었다. 한 입만, 한 개만 하다가 결국 다 먹어버리고 말았다. 구석에서 몰래 먹던 내 모습은 의리 없고 초라했지만 그 맛은 잊혀지질 않았다. 이후 맛있는 걸 먹을 때면 마카롱을 기준으로 음식 맛을 평가하곤 했다.

중국에 올 때 뜨거운 물을 부어 먹는 인스턴트 국을 챙겨왔다. 혹시 몰라 몇 개 가져오긴 했지만 생각보다 이곳에서 잘 먹고 지내 먹을 일이 없었다. 옷장 구석에 두고는 한참을 방치했다. 그러던 어느 날, 한동안 달고 짠 음식만 먹어서 그런지 구수한 것이 당겼다. 잊고 있었던 옷장 속 인스턴트 국이 생각났다. 여러 종류의 국을 살피다 우거지 된장국을 꺼냈다. 물을 붓고 기다리는데 몰큰몰큰한 된장향이 퍼진다. 이쯤이면 진해졌겠다 싶어 한 모금 마셨는데 몸속 깊은 곳 어딘가에서 "그래, 이거지!"라는 속삭임이 들려온다. 마카롱이 우거지 된장국에게 자리를 내주는 순간이었다. 레토르트 식품으로 3분 만에 건강해질 수 있다는 것도 이날 알았다. 모르던 맛도 아닌데 내가 이렇게 된장국을 좋아했었나 하는 생각이 들었다.

내가 좋아하는 것 또 하나를 찾아냈다. 여행의 묘미다. 중국 학교 기숙사 내방에서 최고의 맛을 알게 됐다. 당분간은 힘든 일

이 있을 때마다 된장 우거짓국을 찾게 될 것 같다. 멀리 가지
않아도 맛볼 수 있는 행복이 바로 내방 옷장 안에 있으니까.

● **재미있는 중국 이야기 2**

중국의 대표 음료

● 차의 나라 중국에는 차 이외에도 민족과 지역에 상관없이 공통적으로 사랑받는 음료가 있다. 인기 상품인 만큼 어느 곳에서나 구매가 쉽고 대체적으로 단맛을 내므로 여행 중 시음해본다면 피곤함을 달랠 수 있지 않을까 한다.

○ **음료에도 예외없는 팥사랑 '훙또나이차'**

중국인들은 유독 팥을 즐긴다. 밀크티에도 팥을 넣어 마시곤 하는데 명칭은 '훙더우나이차 [红豆奶茶 훙또나이차]'다. 단팥빵과 우유를 함께 먹으면 단맛이 극대화되는데 이 음료가 바로 그 맛이다. 얼음을 넣어 시원하게 마실 수 있지만 중국인들 대부분은 따뜻한 밀크티를 선호한다. 팥으로 든든한 포만감을 주고, 아찔한 달콤함으로 기분전환까지 도우니 1석 2조다. 평균 10위안(약 1,700원)으로 가격 역시 저렴하다. 길가, 카페, 상점, 학교 앞, 관광지 등 팥밀크티를 맛볼 수 있는 곳이 많으니 여행 중 지친 발걸음을 달랠 때 부담 없이 마실 수 있는 음료로 추천한다.

○ 귀여운 캐릭터가 함께하는 '왕왕뉘우나이'

왕왕(旺旺)은 중국에서 유명한 식품·음료 업체다. 젤리, 과자와 같은 간식류와 음료를 주로 판매한다. 이 중 연유맛이 나는 우유인 왕왕뉘우나이 [旺旺牛奶]가 대표적이다. 중국 친구들이 출출할 때 소시지와 함께 먹으면 좋다고 추천해주어 먹게 되었는데 개인적으로는 연유맛이 너무 강해 자주 찾지는 않는다. 중국에서는 어른아이 할 것 없이 마시는 음료 중 하나다. 3위안(약 500원) 정도이며 마트에서 구입할 수 있다.

○ 코카콜라를 이긴 '왕라오지'

중국의 대표 음료를 뽑으라면 단연 량차 [凉茶 냉차], '왕라오지 [王老吉]'다. 본래 해열작용을 돕도록 약재를 넣어 만든 약탕의 일종인데 대중화되어 캔으로도 마실 수 있게 되었다. 중국 내에서 코카콜라를 이긴 음료로도 유명하다. 시원한 대추차에 은은하게 약재가 더해진 맛이다.

차로도 마시고 음식을 먹을 때 물, 탄산음료, 술 대신 먹기도 한다. 훠궈식당이나 뷔페식당에 가면 테이블 위에 왕라오지 캔이 잔뜩 쌓여 있는 모습을 볼 수 있다. 맵고 짠 맛을 중화하기 위해 속을 시원하게 해주는 단맛의 량차를 선호하는 것이다.

어마어마한 매출력을 자랑하는 왕라오지는 한때 상표권을 두고 광

저우의약그룹과 자둬바오그룹 간에 분쟁이 일어 홍역을 치르기도 했다. 현재는 빨간색 캔에 노란색 글자로 각각 왕라오지[王老吉]와 자둬바오[加多宝]로 판매하고 있다. 이 두 브랜드가 가장 유명하지만 다른 브랜드의 량차도 많고 즉석에서 량차를 만들어 판매하기도 하니 다양한 량차를 맛본다면 조금 더 가까이 중국인들의 입맛을 느껴볼 수 있을 것이다.

○ 중국인들의 아침을 책임지는 '더우쟝'

중국의 아침은 중국식 두유인 더우쟝[豆浆 또우쟝]과 함께 시작된다. 더우쟝은 아침에 식당, 노점에서 많이 판매된다. 마트에서도 진공포장하여 판매하기 때문에 미리 사 두었다가 아침 등하굣길이나 출근길에 먹는다. 보통 한 잔(테이크아웃 커피 한 컵 용량)이 3위안(약 500원) 정도다. 더우쟝은 우리나라 두유보다 묽고 덜 단 편이다. 아침 대용이기 때문에 집에서 집적 만드는 가정이 많아 더우쟝 기계가 보편화되어 있기도 하다. 튀긴 밀가루 빵인 요우티아오와 단짝이다. 맥도날드와 KFC와 같은 패스트푸드점에서도 요우티아오와 더우쟝이 세트로 판매되니 햄버거만 먹던 곳에서 중국식 두유를 맛보는 것도 색다른 경험이 될 것이다.

03
그새 익숙한

서른과 마흔 사이, 41번째 중간고사는 중국에서

중국에서 듣는 한국노래

한국어 노래 대회가 있다는 소식을 들었다. 산동성 내 각 대학에서 예선을 거친 후 우리 학교에서 본선을 치르는 것이다. 중국 사람들이 부르는 한국노래가 궁금해 아침잠을 포기하고 대회가 열리는 음악당으로 향했다.

대회장 입구에는 빛은 바랬지만 나름의 역할을 충실히 해낼 레드카펫이 깔려 있고, 축제를 알리는 대형 현수막도 걸려 있었다. 올해가 10회째라 그런지 체계를 갖추고 있는 듯했다. 가장 눈에 띈 것은 대회를 안내하는 학생들이 입고 있는 한복이었다. 대여할 만한 게 마땅치 않았는지, 아니면 한복 치마 끝이 끌릴까봐 일부러 올려 입은 건지는 모르겠지만 학생들의 치마 길이는 모두 깡총했다. 더욱이 속치마 없이 치마를 입은 탓에 치맛자락이 앙상한 여인네 같이 힘없이 늘어져 있었다. 꽃신 대신 신은 운동화 역시 보는 이를 겸연쩍게 만들었다. 다만 그

볼품없음을 20대 초반의 싱그러움이 만회하고 있을 뿐이었다. 대회 시작 후 두 시간 정도는 대회에 집중하는 게 가능했지만 이후에는 무대를 보는 것이 힘들었다. 참가자가 많을 뿐만 아니라 몇몇 곡이 반복적으로 흘러나왔기 때문이다. 중국에서 유행한 한국드라마 주제곡과 가수 신승훈의 〈I Believe〉, 이선희의 〈인연〉 등이 단골 곡이었다. 댄스곡보다는 2000년대 초중반의 감성적인 노래가 많았다. 어눌한 발음 탓에 가사 전달은 안 됐지만 애절한 감성만은 고스란히 전해졌다.

고등학교 때 케이블 채널을 통해 중화권 가수들의 음악을 접했다. 우리나라에도 알려진 코코리(Coco Lee)를 좋아했다. 상큼한 목소리는 영어와 중국어 발음을 더욱 듣기 좋게 만들었었다. 케이블 채널에서 마냥 코코리를 기다릴 수만은 없어 용돈을 모아 교보문고에서 테이프를 샀다. 수입 음반이라 비쌌지만 그걸 사는 날은 세상을 다 가진 기분이 들었다. 가사는 몰랐지만 그녀의 노래와 그 시간이 좋았다. 여전히 활동하는 코코리 덕에 나는 그녀를 볼 때마다 내 학창시절을 떠올리는 행운을 얻는다.

노래는 언어가 통하지 않아도 마음을 전할 수 있는 마법이다. 이제는 대형문고까지 가지 않아도 휴대폰으로 손쉽게 들을 수 있지

만, 그 노래를 대하는 귀한 마음만은 오래오래 전해졌으면 좋
겠다. 후에 누군가에게는 추억의 보석함이 될 수 있을 테니까.

사탕 반 초콜릿 반

여기부터 저기까지 전부 사탕이고 초콜릿이다. 꿈속에서 만난 당신의 미소가 달콤하다며 톈미미 [甜蜜蜜]를 노래하던 덩리쥔 [鄧丽君 등려군]의 대표곡 첨밀밀 [甜蜜蜜]이 들려오는 것 같다.

중국 마트의 군것질 코너는 우리나라에 비해 무척 넓다. 과자류와 별도로 사탕, 초콜릿, 젤리 등을 쌓아놓고 판매한다. 이 달달한 것들을 누가 다 먹는 건지 궁금하기도 하고 걱정도 된다.

설탕중독이 의심될 만큼 단걸 좋아하지만 산더미처럼 쌓여 있는 사탕과 초콜릿을 보면 설탕을 한 움큼 입에 털어 넣은 것 같아 입이 쓰다. 쓴맛, 단맛, 신맛, 짠맛 중 중국인들이 가장 좋아하는 맛은 단맛이 아닐까 싶다. 형형색색의 예쁜 포장으로 유혹을 하니 그냥 지나치기도 힘들다. 건강에 해로울 수는 있다고 해도 역시 기분전환으로 이만한 게 없다.

중국에 있는 동안만이라도 단 것 열심히 먹고, 쓴 생각은 잠시
접어두고 싶다. 한번 먹으면 멈출 수 없는 초콜릿같은 생각만
하려고, 그러려고 이곳에 왔으니까.

중국 차관

친구가 지인에게 줄 선물용 차(茶)를 사러 간다고 해서 따라나섰다. 막상 와보니 그동안 모르고 지나쳤던 것이 신기할 정도로 가까운 곳에 있다. 차만 파는 곳이겠거니 했는데 문을 열고 들어서보니 차를 마시며 시간을 보낼 수 있는 차관(茶館)이다. 밖에서 볼 때와는 달리 매장이 넓고, 고풍스러운 가구와 고가로 보이는 중국 전통 악기가 가득하다. 일조의 특산품이 녹차라고 해서 품질 좋고 저렴한 것을 사볼까 했는데 번지수를 잘못 짚은 것 같았다.

입구에 서서 머뭇거리고 있으니 하늘하늘한 원피스를 입은 여성분이 필요한 것이 있느냐고 묻는다. 선한 얼굴로 친절한 미소를 지으며 물어봐주니 안도감이 든다. 선물용 차를 사고 싶다고 하자 우선 앉아서 차를 음미해보라고 한다. 사람이 마음에 들지 않았더라면 이것도 상술이겠거니 하며 비꼬았을 텐데,

이미 상대에게 마음을 빼앗긴 터라 마냥 고마웠다.

친구들과 멋스러운 탁자에 둘러앉아 차 내리는 모습을 지켜보았다. 매순간 진지한 그녀는 설명이 필요할 때만 작은 목소리로 짧게 이야기했다. 찻잎을 다기에 넣고 뜨거운 물을 높은 곳에서 천천히 떨어뜨리고, 살짝 우려낸 몇 잔을 버리고 그 다음 우려낸 차를 우리에게 따라주었다. 찻잔이 비지 않도록 세심하게 차를 이어주는 것도 잊지 않았다. 향기롭고 몸에 좋은 차를 천천히 마시니 몸에 은근하게 땀이 났다. 기분 좋은 경험을 하니 차를 좋아하는 이들의 마음이 조금은 이해가 됐다.

하늘하늘한 긴 치마를 입은 그녀는 선녀였다. 향긋하고 따뜻한 차도, 정성스럽게 차를 건네주는 모습도 인상적이었다. 한참을 바라보면서 나도 언젠가는 다도를 배워야겠다고 생각했다.

차에 대해 아무것도 모르지만 그녀가 프로라는 것쯤은 한눈에 알아볼 수 있었다. 보고 있는 사람의 마음을 편안하게 하는 건 아무나 할 수 있는 일이 아니다. 차를 마시며 나에게도 저렇게 자연스럽고 당당하게 할 수 있는 일이 있는지 생각했다. 프로는 누가 보아도 프로다. 나 역시 언젠가는 누군가의 눈에 그렇게 비치길 바라본다.

넉 달 만에 생각난 우리집

잠시 한국에 들어갔다온 친구에게 집에 가서 좋았던 점을 물었다. 친구는 집에 가니 우리집 냉장고도 있고, 세탁기도 있어서 좋았다고 했다. 너무 사소해서 유치하다고 핀잔을 줬다. 그런데 점점 우리집 냉장고와 세탁기가 그리워진다.

《눈먼 자들의 도시》를 읽는데 눈에 들어오는 문장이 있다.

"진짜 집은 그가 잠자는 곳."

지금 내가 잠자는 곳은 중국 산동성 일조시 학교 기숙사다. 우리집이라고 하고 싶지 않다. 정말로 그렇게 생각하고 싶지 않다. 잠시 머무는 곳일 뿐이라고 누군가에게 항변하고 싶어진다. 기숙사에는 우리집 냉장고도 없고, 세탁기도 없고, 우리 가족도 없으니까.

120여 일 만에 집에 가고 싶어졌다. "잘 왔다, 괜찮아"라고 이야기해줄 내가 사랑하는 사람들이 있는 나의 집이 그립다. 넉 달 만에 이런 생각을 한 내가 너무하다 싶긴 하다. 이런 너무한 나를 우리집, 우리 가족은 이해해줄 것이라고 믿는다. 미안하고 고맙다. 진짜 집이 있어 다행이다.

중국, 대학, 대학생

한국 대학생들의 어려운 생활에 관련된 기사를 거의 매일 본다. 내가 대학 다닐 때는 상황이 좋았던 건지 아니면 철이 없었던 건지 지금 학생들만큼 힘들다고 느끼지는 않았다. 어쩌면 시간이 지나 그 시절의 어려움을 잊은 것일지도 모르겠다.

중국 학생들도 한국 학생들 못지않게 힘들다고 한다. 학교마다 다르겠지만 중국 대학교에는 평일 밤, 주말 밤에도 수업이 있는 경우가 있다. 좁은 기숙사에서 예닐곱 명의 학생들이 함께 지내고, 주말까지 수업을 듣고, 휴식과 낭만 대신 아르바이트를 선택하고, 시험보고, 논문 쓰고 그렇게 어렵게 졸업을 한다. 그런데도 이곳 역시 취업은 어렵다.

대학은 본래 힘든 곳이다. 힘들어도 그에 걸맞은 목표와 대가, 가치가 주어져야 하는데 그것이 주어지지 않으니 더욱 어두워진다.

나 역시 힘들다는 핑계를 대야 하는 것일까. 내가 해줄 만한 일이 없어 미안한 마음이 든다. 진심으로 한국과 중국의 젊음들이 건강하게 꿈을 이루길 열렬히 응원할 뿐이다.

단체 웨딩촬영

칭다오 여행을 하며 가장 많이 본 것은 웨딩촬영 중인 신랑신부였다. 유럽식 건축물이 가득한 바다관 [八大關 빠다관] 나무 숲 한가운데에선 20여 커플이 각기 포즈를 취하고 있는 모습을 보기도 했고, 전망이 멋지다던 화스러우 [花石楼 화쓰로우]에서 바라본 풍경은 다름 아닌 백사장 길이만큼 펼쳐진 웨딩드레스와 턱시도의 행렬이기도 했다.

도대체 이 많은 신랑 신부들이 어디에서 왔는지, 명당 차지를 위한 자리싸움이 나면 누가 해결해주는지 궁금했다. 의문은 곧 풀렸다. 여러 커플이 함께 타고 온 대형버스가 곳곳에 주차되어 있었기 때문이다. 어느 지역에선가 함께 온 예비부부들일 테고, 주최자가 순서를 정해주니 다툼의 여지는 적을 것이었다.

예비부부들은 마땅히 쉴 곳이 없어 화단 경계선 옆 좁은 대리석 자리에 앉아 있었다. 진한 화장에 불편한 드레스를 입고 힘없이 앉아 있는 모습 역시 모두 비슷했다. 여럿이 함께 촬영하니 덜 지루할 것 같긴 한데 옆 커플 신랑신부가 훨씬 예쁘고 잘생기거나 더 알콩달콩하면 질투가 나고 비교되지 않을까 싶었다. 우리나라 웨딩촬영은 가족이나 친구들이 함께하곤 하는데 신랑신부 단둘이 사이좋게 챙겨주는 모습을 보니 그들의 시간인 것 같아 좋아 보이기도 했다.

평생 볼 신랑신부를 중국에서 모두 보고 간다. 수많은 커플이 이렇게 힘들게 사진을 찍었으니 추억을 곱씹으며 행복했으면 좋겠다.

불편함과 불행함의 경계

여행만큼 피곤한 일이 없다. 패키지여행이 아니고선 여행지, 동반자, 여행경로, 교통편, 숙박을 계획하고 선택해야 한다. 이 결정에 가장 큰 영향을 미치는 것은 여행경비, 돈이다.

목적지까지 40분을 걸어갈 것인가, 비용을 지불하더라도 택시를 타고 10분 만에 갈 것인가. 간단하게 끼니를 때울 것인가, 관광지 유명 음식점에서 제대로 된 한 끼를 맛 볼 것인가. 여행지에서 발견한 정말 마음에 드는 물건을 살 것인가, 포기할 것인가….

톈진 [天津] 에서 일조까지 1등석 침대칸 롼워 [软卧, 루안워] 를 타고 왔다. 10시간 가까운 시간을 딱딱한 의자에 앉아서 올 자신이 없어서 비용을 지불했다. 그 대가로 침대칸에서 편안하게 잠을 자고, 음악을 듣고, 이야기를 나누고, 간식을 먹고, 책을 봤다. 허용된 범위 안에서 나만의 공간과 시간을 누렸다. 시간과 분위기, 상대적인 편안함에 비용을 지불한 것이다.

여행 경비를 쓴 만큼 덜 피곤하긴 했다. 돈이 없다는 것은 조금
더 불편한 것 뿐이라는데 그 불편함이 불행으로 느껴질 때가
종종 있다.

돈이 없어서 10시간을 딱딱한 좌석에 앉아 왔다면 정말 불행했
을까? 모르긴 몰라도 평생 우려먹을 수 있는 이야기 하나가 생
기긴 했을 것이다. 10시간 그깟 것 별거 아니라고 호기롭게 얘
기하거나, 10시간 앉아 있다 죽을 뻔했다는 생생 후기담을 늘
어놓거나.

불편함과 불행함의 경계가 어디인지는 모르겠다. 어떤 선택을
하든 행복함을 찾아내는 기술이 최고 레벨까지 오르길 바랄 뿐이다.

물어도 대답해줄 이 없다

응당 거실에 있어야 자연스러울 법한 대나무 흔들의자가 길 한 가운데에 놓여 있다. 길가 상점 주인이 낮잠을 자려고 가져다 놓은 것이다. 의자주인이 반쯤 누워 잠자는 걸 몇 번 본 적이 있다. 아저씨는 하고 싶은 것과 해야 하는 것의 중간을 찾은 것 같았다.

아직까지 중국인들에게 낮잠은 중요한 생활방식 중 하나다. 상점 주인은 어릴 적부터 습관이 된 낮잠을 참는 게 힘들었던 것 같다. 그렇다고 낮잠 때문에 상점 문을 닫는 것도 쉽지 않았던 것 같고. 그래서 둘 다를 해내기 위해 가게가 한눈에 들어오는 길에 안락의자를 두고 낮잠을 자게 된 것이 아닐까 싶다.

훌륭한 방법인 듯 보이지만 꼭 그렇지만도 않다. 물건을 사러 온 손님 중에는 아저씨의 곤한 잠을 깨우지 못하고 그냥 돌아서는 이들이 있을 수도 있고, 시도 때도 없이 울려대는 경적 소리와 지나가는 사람들의 부산함 때문에 숙면도 어려울 테니까 말이다. 장사도 숙면도 절반만 하고 있는 것이다.

지금 내 삶도 길에 안락의자를 두고 자는 모습과 비슷하다. 하고 싶은 일을 할 자신이 없어 빙빙 돌다보니 군더더기만 쌓고, 이걸 막상 버리려니 아까워 만약을 위한 보험으로 남겨두다 새로운 것을 받아들일 만한 공간이 없어 또 기회를 놓쳐버리고. 물어도 대답해줄 이 없다. 내 삶의 방식은 내가 선택하고, 책임져야 한다. 아저씨의 길가 안락의자 잠에 훈수를 두고 싶지는 않다. 그럴 자격도 없다. 그 방법이 최선일 수도 있다. 그래도 내 인생에 있어서만큼은 정직하게 하나만 선택하고 싶다. 정말 원하는 일이라면 한 가지도 열심히 해내기엔 시간과 에너지가 턱없이 부족하다는 것을 이제는 알기 때문이다.

알면… 좋을 텐데

공자 장학생으로 중국에 와서 정착비 한 번, 생활비 명목으로 장학금 네 번을 받았다. 장학금은 매달 같은 날 받는다. 어렴풋이 기억나는 어릴 적 아빠의 월급봉투와 색이 같은 연한 황갈색의 봉투에는 학생의 이름과 금액이 적혀 있다. 봉투를 살짝 벌려보면 붉은색 100위안짜리 지폐가 봉투에 적힌 숫자만큼 들어 있다. 몇 달 반복된 일이고, 더욱이 기다리고 기다렸던 좋은 일이라 그런지 마트 문구류 코너에서 비슷한 봉투만 봐도 입꼬리가 올라간다.

이제 장학금은 두 번 남았다. 이곳에서의 생활도 두 달 남짓 남은 것이다.

8월에 마지막으로 이 황갈색 봉투를 받은 후 9월에 나는 어디에서 무엇을 하고 있을지 궁금하다. 아직까지는 좋은 기억만

있는 이곳에서의 시간이 너무 빠르고 아쉽기만 하다. 봉투에
있는 돈을 매달 쪼개고 쪼개어 아껴 썼듯이 남은 시간도 아끼
는 방법밖에는 없다. 시간이 아깝고 아쉽다는 생각을 오랜만에 해
본다. 가는 시간을 붙잡아둘 순 없지만, 지금의 이 기분만은 오
래 간직하고 싶다.

엄마, 아빠, 할머니, 할아버지 사랑

중국에서 생활하면서 자전거 뒷자리에 앉은 어린아이들의 모습을 자주 본다. 요즘은 전동차나 오토바이를 더 많이 타긴 하지만 가끔 아이들이 엄마, 아빠, 할머니, 할아버지와 함께 자전거 탄 모습을 보면 기분이 좋아진다. 세상사랑 혼자서만 다 받는 느낌이다.

오늘은 아이가 편히 앉을 수 있도록 뒷자리를 꾸민 자전거를 보았다. 유모차 마냥 아이 앉은 키보다 조금 높게 덮개를 설치했는데 예쁜 프릴로 장식도 했다. 비바람 피하며 풍경도 볼 수 있으니 황실 마차 부럽지 않다. 더욱이 나보다 나를 더 사랑할 이가 앞에서 든든하게 지켜주고 있으니 그 정성 견줄 데가 없다.

울고 떼쓰면 달려와 안아줄 누군가가 있는 꼬맹이들이 부럽다. 나를 걱정하고 그리워하고 있을 우리 가족이 보고 싶다.

기숙사 앞 벼룩시장

기숙사 앞 공터에 벼룩시장이 열렸다. 대부분의 중국 대학생들이 기숙사 생활을 하기 때문에 졸업을 앞두고 살림살이 정리를 하는 것이다. 학생들이 펼쳐 놓은 좌판에는 컵, 책, 보온병, 스탠드, 쓰다 남은 화장품 등 온갖 자잘하고 잡다한 것들이 다 있다. 대개 2층 침대와 책상이 빼곡히 들어가는 기숙사 방을 예닐곱 명이 사용하다 보니 덩치가 큰 물건은 애초에 살림이 될 수 없었던 것이다.

새 주인을 기다리는 물건은 우리 돈 100원짜리부터 있는데 비싸야 몇 천원이다. 이 정도면 가격이 적절하다 싶고, 흥정만 잘하면 덤도 한가득이다. 손님 재량이고 주인장 마음이다. 마땅히 살 물건은 없었지만 남의 살림 구경하는 재미가 쏠쏠해 한참을 둘러봤다. 좌판을 쭉 훑다 상품의 진열을 정갈히 해두었거나, 물건이 독특하거나, 이건 좀 해도 너무하다 싶은 물건이 있을 땐 나도 모르게 주인의 얼굴을 올려다보았다. 아직 팔리지 않은 물건은 여전히 그의 일부이니까.

학교생활과 기숙사 일상이야 거기서 거기일 테지만 물건 주인의 마음과 물건에 담긴 추억만은 제각각이다. 비싼 거라 아끼고 아끼며 사용했던 애장품, 사랑하는 사람과의 기억이 담겨 있지만 이제는 정리해야 하는 추억, 기분에 샀지만 막상 사용할 일이 없어 골칫거리가 된 물건, 벼룩시장에서 샀고 다시 벼룩시장에 팔리러 나온 생명력 긴 물건. 사연이 같을 리 없다.

남의 눈에 별 볼일 없어 보이는 물건이라 해도 함께 보내온 시간에 함부로 가치를 매길 수는 없다. 정리는 시작을 위한 전초다. 좌판 위 물건을 보며 졸업을 앞둔 모두가 순탄하길 바랐다. 설사 불안한 시작이라 하더라도 다시 시작하면 되는 거니까.

사랑을 표현하며 살 수 있도록

제과점 안 풍경이 내 눈을 끈다. 아가는 예쁜 케이크를 바라보
고 엄마는 사랑하는 아이와 아이가 바라보는 것을 함께 본다.
아이도 다시 엄마와 눈 마주치고 귀엽게 웃을 테다.

나를 애정으로 바라봐주는 이들이 바라는 것은 나의 행복일 것
이다. 나를 믿어주는 사람들에게 보답하기 위해서 조금 더 진
솔하고 담백하게 살고 싶다.

오늘… 지금 행복하고, 내 주변 사람들과 가까이하면서 사랑을
표현하며 살 수 있도록.

슈퍼집 개 가족

일조에 온 이후 매일 만난 개 가족이 있다. 멍멍이 식구들 중 흰색 검은색이 섞여 있는 녀석은 아빠다. 심한 눈병을 앓아서 두 눈이 완전히 빨갛다. 주인이 치료해주었다는 이야기를 들었는데 완쾌는 어려운 모양이다. 눈 때문에 많이 아파 보이는데 실상은 동네 대장이다. 대낮에 길 한가운데에 늘어져 자는 게 특기다. 서늘해지면 어슬렁어슬렁 마실을 간다. 연한 갈색털을 가진 녀석은 엄마고 점잖다. 사람이건 새끼건 바라만 볼 뿐 움직임이 없다. 애정 어린 눈길로 가만가만 바라보기만 한다. 어미 개가 새끼 낳은 지 얼마 되지 않았을 때, 강아지가 귀여워 만져보려 하자 조용히 새끼 앞을 가로막아 우리를 놀라게 한 적이 있다. 조용하게 강단이 있다. 오동통한 새끼들은 철이 없다. 이리저리 뛰어다니기 바쁘다. 마냥 귀엽다.

아빠 개와 달리 좀처럼 집 앞을 떠나지 않던 어미 개가 어느 날은 건너편 골목까지 와서 서성인다. 사람이었음 "어쩐일이냐"고 물어봤을 만큼 생각지 못한 일이라 신기하고 반가웠다. 지켜보다 새끼 두고 놀러 나온 것 같다며 친구들하고 농담을 했다. 나중에 알고 보니 주인이 입양 보낸 새끼들을 찾으러 나온 것이었다. 애타게 새끼를 찾던 어미 개의 마음을 알아주지 못한 게 미안했다.

매일매일 슈퍼 길을 오가며 이제는 둘뿐인 개 부부를 보았다. 새끼들의 빈자리가 보이긴 했지만 평온해 보였다.

학기가 끝나고 방학을 맞았다. 친구들이 대부분 고국으로 돌아가 혼자서 슈퍼 길을 오가는 일이 익숙해질 무렵, 눈이 아픈 아빠 개가 보이지 않았다. 돌아오겠거니 하며 매일 두리번거려 보았지만 골목대장은 어디에서도 만날 수가 없었다. 슈퍼 아줌마 아저씨께 여쭤볼까 생각도 했지만 괜한 짓인 것 같아 그만두었다. 혹시나 내가 생각한 이유가 맞다면 반려동물을 잃은 주인을 더 슬프게 하는 일일 뿐이니까.

어미 개는 새끼를 낳고부터 깡마르기 시작했는데 회복이 되질 않았다. 그리고 혼자 남게 되었다. 볼 때마다 애잔함이 밀려왔다. 말을 나누진 않았지만 6개월을 매일 만난 친구다. 주변에서, 멀리서 오래도록 어미 개를 지켜보았다. 떠나는 것이 슬픈지 남은 것이 슬픈지 모르겠다.

어미 개가 건강하길 바란다. 슈퍼집 개 식구들 덕분에 일조의 매일이 행복했었다. 해줄 수 있는 일은 없지만 오래도록 기억해주고 싶다.

꼭 좋은 사람 만나요

틈날 때마다 린란과 나는 함께 공부를 했다. 한 시간은 한국어로, 한 시간은 중국어로만 이야기하며 양국의 언어를 익혔다. 그런데 공평하다고만은 할 수 없었다. 내가 고작 중국어 몇 마디 하는 것에 비해 린란의 한국어 실력은 월등했기 때문이다. 린란은 한국어과 학생이기도 했지만, 고등학교 때부터 매일 한국 드라마와 예능을 보며 부지런히 한국어를 익혀왔던 터였다. 우리말에 능숙한 그녀 덕에 난 타지에서의 외로움을 조잘조잘 수다로 풀어냈다. 그덕에 중국어 실력은 향상되지 않았지만 속 깊은 이야기는 부족함 없이 나눌 수 있었다.

린란보다 나는 13살이 많은 언니였다. 연장자로서 커피라도 한 잔 사주려고 하면 한사코 거절을 해서 밥 한번 제대로 사주지 못했다. 그랬던 것이 못내 아쉬워 린란이 학기를 끝내고 집에 가는 날 선물을 했다. 책, 한국 기념품, 편지. 작은 것들이었다.

선물을 건네니 자기는 기말고사 보느라 준비한 게 없다며 고개를 들지 못한다. 린란을 달래고선 아쉽지만 언젠가 꼭 다시 보자며 약속하고 헤어졌다.

린란이 고향으로 돌아간 후 며칠 뒤 나에게 소포가 왔다. 포장을 얼마나 튼튼하게 했는지 박스를 뜯는 데만 해도 한참이 걸렸다. 박스 안에는 시안에서 고민만 하다 사지 못했던 신랑신부 그림자 유리 액자가 들어 있었다. 내용물을 보고 나서야 그녀가 그토록 공들여 포장한 이유를 알 수 있었다. 열심히 쓴 쪽지와 편지도 있었다. 액자가 깨질까봐 못나게 포장을 해서 미안하다는 내용이었다. 그리고 꼭 좋은 남편 만나라는 이야기도 있었다. 내가 잘 되기를 바라는 내 편이 한 명 더 생긴 것 같아 마음이 벅찼다.

액자는 온전히 한국에 잘 가져가려고 다시 못나지만 튼튼하게 포장했다. 선물을 상자에 담아내는 동안 친구와 나누던 이야기들이 음악처럼 맴돌았다.

열심히 공부하는 린란의 소원대로 한국 교환학생이 되어 한국에 오리라 믿는다. 그때는 또 어떤 이야기를 나눌 수 있을지 기대가 된다.

I want you!

반년 가까이 매일 다니던 길에서 벽화를 보았다. 내가 오기 훨씬 전부터 그려져 있었던 것이라고 하는데 낯설다.

선명한 원색의 옷을 입은 사람 그림 아래에는 크게 'I want you'라고 적혀 있고, 그 옆에는 춤추는 듯한 사람 두 명과 코끼리 한 마리가 그려져 있다. 코끼리 코를 자세히 보면 배관이다. 건물 미관을 해칠 만한 배관을 코끼리 코로 변신시킨 것이다. 아이디어가 톡톡 튄다. 이렇게나 강렬하게 나를 부르고 있었는데 그동안 모르고 지나쳤었다.

'I want you!'

관심이 필요하다. 사람과 사물, 자연 모든 것에 애정 어린 마음이 필요하다. 눈으로만 보고 지나쳐서 보지 못하는 것들이 너무 많다. 이왕 가는 길 조금 더 여유롭게 따뜻한 시선으로 주변을 둘러본다면 마음도 머리도 행복해질 텐데. 무심했다.

찬찬히 둘러보며 살아야겠다. 내 주변을 살피는 데는 채 몇 분 도 더 걸리지 않을 테니까.

상황에 따라

중국 돈 1위안은 지폐와 동전 혼용으로 쓰인다. 같은 돈이지만 무거운 동전보다는 지폐가 편하다. 물건 값을 내도 거스름돈으로 지폐를 챙겨주는 경우가 더 많다. 아무래도 손님들이 동전을 별로 내켜하지 않기 때문일 것이다. 한국에서는 자판기 커피 먹을 때, 편의점에서 물이나 우유 살 때 동전을 썼는데 중국에는 커피, 음료 자판기도 보기 힘드니 동전 쓸 일이 별로 없다. 이래저래 동전은 이쁨 받기가 힘들다.

이런 동전도 빛나는 순간이 있다. 기숙사 세탁기를 사용할 때다. 1위안 동전 3개를 넣어야만 세탁기가 돌아가는데 빨래만 하려고 하면 이상하게도 동전이 모자라서 옆방으로 동전을 꾸러 다니기가 일쑤였다. 사감 선생님께서는 동전이 필요할 때 사무실로 오라고 하셨지만, 선생님께서 항상 계시는 것도 아니고 자잘한 일이라 괜히 눈치가 보였다. 그래서 작정하고 동전을 모으기 시작했다. 장소는 마트! 일부러 거스름돈이 나올 만큼만 물건을 사고 동전을 받았다. 내가 자주 그러니 계산대에 있는 1위안 동전을 통크게 한 움큼 바꿔주는 직원도 생겼다. 나에게 동전이 많다는 소문을 듣고 기숙사 친구들이 찾아오기도 했다. 그렇게 열심히, 애틋하게 동전을 모았다. 아무 때나 마음 내킬 때 빨래를 할 수 있을 만큼 쌓여 있는 동전을 보면 마음이 든든했다.

학기가 끝날 무렵 거처를 선택해야 하는 순간이 왔다. 이곳에서 6개월을 더 머물지, 중국 다른 지역에서 머물지, 모든 것을 접고 한국으로 돌아갈지 결정해야 했다. 고심 끝에 다른 지역에서 새로운 시작을 하기로 마음먹었는데 책상 위 동전 통이 눈에 들어온다. 그동안의 뿌듯함은 순식간에 짐이 돼버렸다.

오늘 나에게 중요한 일이 내일은 그렇지 않을 수 있다는 것을 경험할 때마다 기분이 유쾌하진 않다. 모든 것을 통제할 수 없고, 다 갖추고 있을 수만은 없으니 어쩔 수 없는 일이다. 상황을 받아들이고 적응할 뿐이다. 남은 1위안 동전은 이곳에 계속 남게 될 누군가에게 건네고, 나는 동전을 받고 좋아할 그와 기쁨을 누려볼까 한다.

● **재미있는 중국 이야기 3**

중국인들이 즐기는 과일

● 중국은 넓은 땅만큼 열리는 과실의 수도 많다. 다양한 종류의
과일은 중국의 물가상승률에 비해 여전히 저렴하기까지 하니 이것
저것 맛보기에 이보다 더 좋을 수가 없다. SNS 여행 업데이트 사진
을 완성해줄 맛도 모양도 신기한 과일을 소개한다.

○ **사람모양 과일 '런선궈'**

오뚝이 모양에 사람 얼굴을 한 머그컵만한 중국과일이 있다.
원래는 사과와 배의 중간 모양인데 사람 형상 틀을 씌워 키운 것이
다. 인자함을 표현하려 했으나 어쩐지 기괴하다는 말이 더 어울릴
법한 이 과일은 런선궈[人参果 런선궈]다. 또는 런선와와[人参娃
娃 런선와와]라고 부른다.

서유기에 런선궈를 먹으면 불로장생한다는 이야기가 적혀 있어서
인지 선물용으로 주로 쓰인다. 과일을 파는 곳에서 판매되지만 관
광지에선 런선궈만 파는 노점도 많다. 맛은 오이와 비슷해 두리안
처럼 용기가 필요하진 않지만 과일을 자르는 과정에서 한번씩 손

이 멈칫해진다. 장수하는 과일이라 하니 여행 동반자와 한 조각씩 먹으며 덕담을 주고받으면 좋을 것 같다. 혼자만의 여행이라면 나의 건강을!

○ 양귀비가 사랑한 '여지'

여지 [荔枝 리즈]는 양귀비가 사랑한 과일로 유명하다. 중국이 원산지이며 5~6월이 제철인데 요즘은 사시사철 먹을 수 있다. 보통 여지가 달린 가지를 작게 잘라 가지째 판매하는데 알알이 떨어져 있는 것도 있으니 먹기 편하다고 생각되는 것을 고르면 된다. 껍질의 강도에 따라 약간의 차이는 있지만 손으로 껍질을 까는 것이 가능하다. 단맛이 강하고 크기가 작아 자꾸 먹게 되는 중독성 있는 과일이다. 하지만 배탈이 날 수 있으므로 한꺼번에 너무 많이 먹지 않도록 주의해야 한다.

○ 여의주 모양을 닮은 '용과'

선인장과 열매로 가지에 열린 모습이 용의 여의주를 닮았다고 해서 용과 [火龙果, 훠룽궈]라고 한다. 원산지는 중앙아메리카이지만 중국의 따뜻한 지역에서 재배되어 유통되기 때문에 중국 대부분의 지역에서 맛볼 수 있다. 붉은색 껍질에 과육이 흰 백육종을 많이 먹지만, 껍질과 과육이 모두 붉은 적육종도 볼 수 있다. 처음 먹으면 무(無) 맛이라고 생각될 정도로 특유의 맛이 나지 않지만 계속해서 먹다 보면 은은하게 단맛과 부드러운 식감에 빠져들게 된다. 중국인들의 사랑을 듬뿍 받는 만큼 식당에서 후식으로 나오는 단골 과일이기도 하다.

바나나 껍질을 까듯 깐 후 먹기 좋은 크기로 잘라 먹어도 되고, 용과를 껍질째 반으로 자른 후 스푼으로 떠 먹어도 된다. 소화촉진과 피부미용에 좋고 포만감이 있다고 하니 다이어트 중인 여행객들에게 추천한다.

○ **겨울 과일 스타 '유쯔'**

중국에선 겨울에 귤만큼 많이 판매되는 과일이 유쯔 [柚子, 요즈] 다. 연한 노란색으로 어린아이 머리 크기만한데 겉껍질이 3센티미터 이상 된다. 때문에 손으로 자를 수는 없고 칼로 반을 가른 후 알맹이를 꺼내야 한다. 과육의 색은 레몬색, 진한 노란색, 주황색 등 다양하고 그에 따라 신맛과 단맛의 정도가 조금씩 다르다. 개인적으로는 과육이 주황색인 유쯔를 선호한다. 신맛이 적고 단맛이 강하기 때문이다.

껍질이 두꺼워 먹기가 번거롭기는 하지만 톡톡 터지는 알맹이에서 나오는 새콤달콤한 맛이 먹기를 멈출 수 없게 한다. 겨울 인기 과일이다 보니 시장에서는 큰 망태기에 유쯔 예닐곱 개를 한꺼번에 넣어 판매하기도 한다. 든든한 껍질 덕에 보관도 쉽고, 비타민이 풍부해 면역력 증가에도 좋다고 하니 겨울 여행 중 피로회복을 위해 맛보면 좋을 것 같다.

04
다시 시작

서른과 마흔 사이, 41번째 중간고사는 중국에서

도시가 궁금했던 여자

6개월 있다 오겠다며 집을 나섰었다. 중국에 오기 위해 준비했던 과정들이 생생한데 벌써 집으로 돌아갈 시간이 됐다. 학교 생활에 적응할 무렵부터 계속 고민을 했었다. 더 있고 싶은데 가능할지, 머무르게 된다면 어느 곳에 있어야 할지.

요리조리 따져보니 반년을 장학금으로 살았고, 그동안 모아둔 돈도 있으니 반년 정도는 더 생활이 가능했다. 그리고 이곳에 있을 목표가 분명하다면 가족들도 나의 의견을 지지해줄 거라는 확신이 있었다.

문제는 내가 살 곳이었다. 일조에서 지낼지 아니면 다른 곳을 찾을지. 이제 익숙해진 일조에 머무르게 된다면 소도시인 만큼 생활비도 적게 들고 아는 얼굴도 있으니 생활이 어렵진 않았다. 무엇보다 근처에 한국어과가 있는 대학이 몇 곳 있어 한국어 강사로 어학원 취업이나 아르바이트도 가능할 것 같았다.

그렇지만 익숙한 일상을 이곳에서 보내야 할 이유는 없었다. 중국에서 지내는 동안은 여행자이고 싶었다.

중국의 대도시가 궁금하기도 했다. 중국생활을 이해하자면 도시의 모습도 알아야 한다는 생각이 들었다. 익숙함과 새로움을 두고 고민한 끝에 나는 다시 시작하는 것을 택했다. 지금보단 불빛이 많고 시끌한 중국의 도시가 나에게 또 어떤 자극을 줄지 기대가 됐다.

그렇게 베이징의 옆 도시인 허베이성으로 이사를 왔다. 월세 1,600위안인, 나름 갖출 건 다 갖춘 창이 넓은 20층 원룸 아파트를 구하고 1학기 학비가 7,000위안인 근처 대학 어학원에 입학도 했다. 생각했던 것만큼 화려한 곳은 아니었지만 마음에 들었다.

나는 다시 우리집을 마련했다. 앞으로 쓰기만 해야 할 돈 걱정이 앞서긴 했지만 넓고 환한 창은 보기만 해도 뿌듯했다.

이곳이 중국! 이라
말해주는 카페 풍경

일요일 저녁을 흘러보내기가 아쉬워 카페에 왔다. 동네 번화가에 위치한 곳인데 한번쯤 와본 듯한 익숙한 분위기다. 굳이 특별한 것을 찾자면 카페 주인이 주말에 무료 커피 강의를 한다는 것과 중국인들이 좋아하는 용과(龍果) 빙수가 있다는 것 정도였다.

커피를 마시다 이곳의 특별함이 카페 유리창 너머 풍경에 있다는 것을 알았다. 카페 앞 광장에서는 수십 명의 사람들이 가로세로로 줄을 맞춰 광장춤을 추고 있었다. 쇼핑몰이 밀집되어 있어 많은 사람들이 드나드는데 춤을 추는 사람들은 주변 상황을 아랑곳하지 않고 일제히 같은 동작을 했다. 간단한 동작이라 운동이 될까 싶은데 따라하는 사람들은 열심이다.

광장춤은 지나던 사람 아무나 출 수 있는 게 아니다. 맨 앞에서 단독으로 안무를 지휘하는 선생님에게 강사료를 지급하고, 동일한 옷이나 장갑을 구입해 동료임을 입증해야 한다. 아직 직접 피해를 본 적은 없지만 광장춤의 음악소리 때문에 민원이 심각하고, 곳곳에서 다툼도 자주 일어난다고 했다. 그래도 어두워지기만 하면 광장에는 인파가 몰려든다. 아마도 이 문화가 사라지는 데는 다소 시간이 걸릴 듯하다.

우리 아파트 단지에서만 서너 팀이 서로 다른 음악과 안무로 춤을 춘다. 사실 춤이라기보다는 율동에 가깝다. 매일 보던 익숙한 모습인데 이렇게 아보카도를 먹으며 군무를 보니 기분이 새롭다. 새삼 이곳이 중국임을, 내가 중국에 살고 있음을 실감한다.

소파 단장 1m 23위안

집에는 싱글 침대, 두 자짜리 민무늬 옷장, 크기만 큰 구식 냉난방기, 작은 세탁기, 낮은 탁자와 푹 꺼진 일인용 소파가 있다. 이 집에 사는 동안 잠시 빌려 쓰는 것이니 마음에 들지 않아도 참아야 하는데 진보라색 소파는 아무리 잘 봐주려고 해도 마음이 안 간다. 모양이야 그렇다 쳐도 화려한 보라색 벨벳원단에 군데군데 묻어 있는 거무튀튀한 얼룩은 소파에 앉고 싶은 마음을 싹 사라지게 만들고 있었다. 당장 치워버리고 싶은데 내 것이 아니니 그럴 수도 없다. 문득 집 앞 천 가게가 생각난다. 그런데 중국어로 무슨 말을 어떻게 해야 할지 고민이 되어 발길이 떨어지질 않는다. 그래도 이대로 살 수는 없다는 생각이 들어 사전으로 중요 단어를 몇 개 찾아보곤 가게로 향했다.

가게 유리창을 통해 슬쩍 보니 다행히 주인아주머니뿐이다. 다른 손님이 와서 내 어설픈 중국어를 들으면 어쩌나 싶어 가게 안으로 얼른 들어섰다. 주인은 무심하게 인사하더니 천을 고르라고 한다. 벽 가득 천이 진열되어 있는데 정작 마음에 드는 건 없다. 이것저것 매끈한 새 천을 만져보니 기분만은 좋다. 한참을 머뭇대다 개중 마음에 드는 것을 선택했다. 이것이라고 손짓을 하니 주인은 1m에 23위안인데 얼마가 필요하냐고 묻는다. 눈앞이 캄캄해진다. 가게에 와서 이야기할 단어 생각만 하느라 소파 길이는 재보지도 않고 온 것이다. 당황하니 어림짐작도 안 된다. 머뭇대고 있으니 소파냐 침대냐 묻는다. 소파라고 답하니 2m면 될 거라고 한다. 천이 부족해 누더기처럼 소파에 걸쳐져 있을 걸 생각하니 끔찍하다. 아주머니의 충고를 저버리고 3m를 샀다. 이제 됐다 싶어 한숨 놓으려는데 나에게 뭔가를 묻는다. 무슨 말인지 도통 이해가 되질 않는다. 정신을 차리고 온 신경을 곤두세우니 아주머니의 손동작과 연결시킬 수 있는 단어 몇 개가 들린다. 자른 천의 끝마무리를 하겠느냐고 묻는 것 같다. 묻는 것으로 보아 해야 하는 일인 것 같아 한다고 했는데 내심 수선비용 걱정이 된다. 뭐라고 물어야 할지도 모르겠고, 빨리 집에 가고 싶은 생각뿐이라 에라 모르겠다라는 심정으로 그냥 잠자코 있었다.

아주머니는 지저분하게 나온 실밥을 정리하고 천 끝을 한 단으로 접어 미싱으로 박음질하셨다. 작업을 끝내시더니 나더러 반대쪽 천을 잡으라고 하신다. 사극에서처럼 둘이 마주 보고 긴 천을 잡아 접었고 포갤수록 나와 아주머니는 가까워졌다. 걱정하던 수선비용은 무료였다. 안 한다고 했으면 억울할 뻔했다. 정갈하게 접힌 천을 들고 설레는 마음으로 집으로 돌아왔다.

집에 오자마자 소파에 천을 둘러보니 역시나 대책 없이 남아돈다. 전문가의 의견을 따르지 않은 대가다. 그래도 넉넉해서 좋다며 천으로 풍성하게 소파를 둘렀다. 말끔해진 소파도 좋고 오늘 새로운 뭔가를 해낸 나도 좋았다. 봐주는 사람도, 인정해주는 사람도 없지만 해냈음이 대견했다.

중국 한 자녀 정책 폐지 두 자녀 허용

걸음을 걸을 만한 아이의 양 손에는 자유가 없다. 엄마와 아기와 아빠, 할머니와 아이와 할아버지는 손에 손을 잡고 걷는다. 하나뿐인 아이. 집안 서열 1위인 중국의 소왕자, 소공주 들이다. 교통사고와 미아방지 등의 위험을 막기 위해 외출 시에는 꼭 아이의 손을 잡거나 안고 간다. 그 모습을 보고 있으면 사랑 많이 받는 아이들 같기도 하고, 마음대로 걷지도 뛰지도 못하니 안쓰럽기도 하다.

그런데 이제는 언니, 오빠, 동생이 있는 가정이 많아질 것 같다. 중국에서 1979년부터 유지돼왔던 한 자녀 정책이 폐지되어 두 자녀까지 낳을 수 있게 되었으니 말이다. 자녀 교육에 관심이 많고, 경제 문제로 한 자녀만을 낳겠다는 중국인들도 많지만 정책이 바뀐 만큼 또 다른 중국의 모습을 볼 수 있을 것 같다. 중국 친구가 둘째 낳고 싶다고 했었는데 축하해줘야겠다.

반질반질 잘 길들여진 무쇠 웍

기회가 있어 우리 동네 식당 주방 구경을 했다. 가장 먼저 보이는 것은 식빵 모양의 중식도다. 탁! 하고 내리치면 단번에 생선이 두 동강 날 것 같다. 녹이 슨 날 때문에 더 으스스하게 느껴진다. 무시무시한 중화 팬인 무쇠 웍도 눈에 띈다. 반들반들하게 길들여진 大웍이다. 정말로 크다. 주먹만한 감자 10개 정도는 한꺼번에 삶거나 볶을 수 있을 것 같다.

보고 있으니 저 무거운 팬을 어떻게 설거지할지 걱정된다. 설거지 한 번 할 때마다 진이 다 빠질 것 같다. 가까이 보니 웍의 가장자리 둥근 테는 벗겨져 있고, 재료와 기름이 자주 맞닿는 부분에는 미세한 경계가 있다. 이곳에서 오랫동안 터줏대감 역할을 했음이 짐작된다. 주방에 놓인 도마와 칼, 웍으로 열심히 요리했을 주방장의 모습도 그려진다.

어느 집엘 가도 주방을 구석구석 보긴 힘들다. 둘러볼 수야 있

144

지만 열어보고 들춰보는 건 예의가 아니다. 주방은 왠지 모르게 겸연쩍다. 오죽하면 냉장고를 열어보는 것만으로도 하나의 방송 프로그램이 가능하겠는가. 예쁘기 힘든 사적 공간이다. 냉동고 맨 안쪽 덩어리, 주방 찬장 구석에 놓인 세간을 꺼내 보는 것은 사람을 말갛게 세워두고 이리저리 헤집어보는 것과 비슷하다.

귀하게 보관만 된 것은 손님용일 뿐이다. 물과 기름이 담기고, 불에 닿고, 칼질이 많이 된 것이 진짜다. 중국의 주방을 보니 내가 이곳의 손님임이 느껴진다. 주방 용품이 신기해서 한참을 두리번거렸지만 내가 쓸 만한 건 별로 없다. 나는 묵직한 네모 칼 대신 상어를 닮은 날렵한 칼이 익숙하고 편하다. 그것이 나와 맞다.

물통 든 중국 남자들

중국에선 수돗물을 끓이면 포트 바닥에 곰팡이가 핀 듯한 자국이 남는다. 석회수이기 때문이다. 그래서 생수를 사 먹거나 집에 정수 시설을 갖춰야 한다. 생각 없이 마셨다간 탈이 나기 십상이다. 보통 18리터 생수를 10~15위안에 배달시켜 먹는데 정수 기계에서 물을 사 먹기도 한다. 정수 기계는 커피 자판기와 비슷하게 생겼는데 물이 든 플라스틱 병이 나오는 게 아니라 물통을 가지고 가서 물만 받는 형식이다.

우리 아파트에는 정수 기계가 많아 물통을 들고 다니는 사람이 많다. 물이 든 통이 무거워서인지 남자들이 많다. 물통 든 남자들이다.

중국 남자 하면 집안일 잘하기로 유명하다. 친구들한테 진짜냐고 물으면 대부분 고개를 절레절레 흔든다. 남쪽 지방, 특히 상해 남자들이나 좀 그렇다는 것이다. 상해 출신 친구들에게 물으면 그렇다고 하려나. 아닐 것 같다. '집안일을 많이 한다'는 기준을 어디에 둬야 할지 모르겠다.

중국 시장에선 남자 혼자 장을 보는 모습이 흔하다. 야무지게 과일이며 야채며 고기며 잘 고르고 잘 산다. 내 기준에선 아이도 잘 돌보는 것 같다. 친구들 이야기를 들어보면 집에서 아빠가 요리도 많이 해주신다고 한다.

그런데 또 장을 잘 본다고 가정적이라고 할 수는 없다. 그것만으로 여성의 인권이 높다고 말할 수도 없다. 시장을 본다는 것, 그건 다른 말로 경제권이 오롯이 남자에게 있다는 말일 수도 있다. 다른 이유가 덧붙지만 예전 우리나라에서도 장보기는 남자들의 몫이었다. 중국의 경우 맞벌이가 대부분이고 아직까지 야근이 많지 않기 때문에 남성이 집안일을 하는 게 가능하다.

집안일. 말 그대로 가정사다. 알 길이 없다. '안 한다 못 한다 잘 한다'의 기준은 각기 다르다. 하지만 사랑하는 마음으로 서로를 아끼고 도와주는 건 모두 좋은 일이다. 더운 여름 날, 물통 들고 서 있는 남자가 딱히 나빠 보일 일은 없다. 그리고 물통 들고 서 있는 여자가 괜히 힘들어 보일 일도 없다. 물통 정도는 들 수 있으니까. 각각 형편과 사연은 다르니 싸우지 말고 나름의 방식대로 만족하고 화목하면 되지 않을까 싶다.

거리의 재봉틀

추운 겨울이 지나고 봄이 올 무렵, 거리에서 옷 수선하는 모습을 보았다. 공장에나 있을 법한 작업용 재봉틀이 길 한가운데 파라솔 아래 놓여 있다. 이상한 게 당연한데 자연스럽고 편안해 보이기까지 한다.

겨울에는 보지 못했던 재봉틀을 날이 풀리면서는 매일 보게 되었다. 높고 넓은 빌딩 사이에서 볼 수 있는 중국의 또 다른 모습이다. 이것이 우리가 생각하는 중국의 모습이기도 할 것이다.

중국은 생각보다 화려하기도 하고, 생각한 대로이기도 하다. 신기하고, 무섭고, 재미있고, 궁금한 곳. 그래서 나에겐 아직 더 많이 알고픈 곳이다.

저 사람은 맥주다

대학 때 미시경제학 교수님께서 이런 말씀을 하셨다.

"나는 맥주를 진짜 좋아합니다. 그래서 술자리에선 항상 맥주를 마십니다. 다른 사람들이 소주를 마실 때도 맥주를 마십니다. 그러면 소주보다 맥주가 비싸니 미움을 받겠죠? 그래서 난 다른 사람들이 양주를 마실 때도 맥주만 마십니다. 그러니 사람들이 저 사람은 맥주다, 하고선 어느 정도 양해를 해줍니다."

분명 경제학 이론이나 현상을 설명하시려고 예시를 든 것일 텐데 본래의 그것은 생각이 나질 않고 '맥주'만 기억에 남는다. 맥주를 좋아하는 나는 이야기를 교훈 삼아 들으며 나도 저런 삶을 살아야겠다고 생각했다.

내가 좋아하는 선배 언니는 스머프 매니아다. 언니 SNS 프로필이 스머프일 때도 있고, 타임라인에 녀석들이 주인공이 될 때도 있고, 만나서 이야기를 나눌 때 스머프가 주제가 될 때도 있다. 어느 날 머리끈 하나 사려고 들른 팬시점에서 스머프를 발견했다. 다리를 쭉 뻗게 해서 키를 재면 30cm가 될 것 같은 제법 큰 녀석들이었다. 보자마자 '이거 언니가 참 좋아하겠다' 라는 생각이 들었다.

선물로 사갈까… 인형인데 망가지지 않게 잘 가져갈 수 있을까… 언니가 좋아하는 스타일일까… 괜히 언니에게 짐만 되는 건 아닐까… 여러 생각을 하다 버스 태워 우리집에 데리고 왔다. 그리고 비행기 태워 한국에도 데리고 왔다. 똘똘이와 스머페트가 부부는 아니지만 언니 부부가 행복하길 바라는 마음도 함께 담았다. 약속이 엇갈려 아직 전하지는 못했지만 스머프가 중국에서 왔다는 이야기를 언니가 듣곤 재미있어 했다. 스머프와 함께 우리나라에 온 보람이 있었다.

나는 자주 누군가와 무엇을 함께 떠올리는데 다른 사람들은 나를 어떻게 떠올릴지 궁금해졌다. 아마도 '그 친구 중국에 산다'이지 않을까. 그럴 것 같다. 다른 무언가가 떠올려진다면 더 좋겠지만 그게 무엇일지는 모르겠다. 중국에 온 것은 맞는데 그냥 사는 거 말고 발전적인 방향으로, 중국에 가서 무엇이 되었다고 이야기 들을 수 있었으면 하는 바람이다.

책, 시계, 여행, 아기, 요리, 보라색, 학위, 가방, 커피, 빵, 만화, 네일아트, 화장, 자동차, 출장, 외국어, 종교, 아르바이트, 유학, 상냥함… 어떤 것을 보았을 때 나를 떠올려줄 수 있는 것. 무엇이라도 하나 있는 게 멋있을 것 같다. 내 색이 있는 게 좋다. 물론 이 또한 발전적이고 긍정적인 것으로! 라는 단서는 붙겠지만.

이불춤

이불들이 한낮에 햇빛샤워를 하고 있다는 것은
두말할 나위 없이 오늘 날이 무진장 좋다는 것.

철이라는 게 들면
이런 마음이 사라지려나

초등학교 때 잠깐이나마 배웠던 서예에 대한 향수가 있다. 언젠가 기회가 되면 붓을 들고 차분히 앉아 글자를 쓰겠다는 소박한 꿈도 있다. 중국에 오게 되었을 때 꿈 하나를 이룰 수 있을 거라고 생각했다. 그런데 막상 와보니 꿈을 이룰 만한 곳이 마땅히 없다.

어느 날, 집 앞 상가를 지나는데 서예학원 간판이 보인다. 반가운 마음에 가까이 가서 창 너머로 내부를 들여다보았다. 고급스럽고 널찍한 책상 앞에 앉거나 서서 신중히 글자를 쓰고 있는 어린 학생들이 보인다. 문을 열고 들어가 선생님께 인사를 하고 수업시간과 수업료를 물었다. 가능한 시간 아무때나 와도 된다는 수업 시간은 마음에 들었지만 수업료가 문제였다. 한 달 단위로 수강은 불가능하고, 6개월 이상 등록을 해야 하는데 반년에 5,000위안이다. 우리 돈으로 85만원, 한 달로 계산하면

14만원 꼴이다. 한 달에 4~5만 원 정도를 예상했는데 생각보다 비싸다. 말 배우러 와서는 말하면 안 되는 걸 하겠다는 것에도 왠지 모를 죄책감이 드는데 수업료까지 비싸니 자연히 포기가 된다.

하고 싶지 않은 게 아니라, 할 수 없다는 사실에 풀이 죽는다. 어릴 때는 하고 싶은 거 못하면 그걸 허락해주지 않는 어른들을 탓했다. 이제는 남 탓 하다 보면 결국 그 끝에 내가 있다는 걸 안다. 모든 일은 나로부터 시작된 것이고, 더욱이 남 탓 할 나이가 아니란 것도 안다. 하고 싶은 것 모두 하며 살 수는 없지만 그래도 아쉬운 마음만은 어쩔 수가 없다. 철이라는 게 들면 이런 마음이 사라지려나. 철이 들면 그때, 다시 한 번 생각해 봐야겠다.

어디에 있다 하더라도

창문을 여니 밤바람이 시원하다. 잠깐 나갔다 오고 싶은데 마땅히 갈 곳도, 할 것도 없다. 9시도 안 됐지만 이 시간에 우리 동네에서 여자 혼자 마음 놓고 다닐 만한 곳은 별로 없다. 이럴 땐 환하고 넓은, 신경 쓸 일 없이 마음 놓고 걷기 좋은 대형마트 만한 곳이 없다. 막무가내로 다니는 삼륜차와 전동차를 피하기 위해 이어폰을 한 쪽만 꽂은 채 목적지로 향했다.

마트에 왔지만 마땅히 살 것이 없다. 과일이나 좀 사 가야지 했는데 할인하는 부엉이 그림 노트가 눈에 띈다. 예뻐서 카트에 하나 담고, 단어장으로 쓸 만한 노트가 있어 또 하나 담고, 마침 생각난 수면 양말도 한 켤레 샀다. 다 사고 계산하려고 줄을 서 있는데 한국 과자가 있어 반가운 마음에 두 개 넣었다.

한국에 있었어도 밤 9시에 시간을 보내는 방법은 별반 다르지 않았을 것이다. 중국에 와서 이렇게 되었다고 생각하면 마음속에 불만만 가득해진다. 내가 달라지지 않았기 때문에 어느 곳에 있든 상황과 행동이 크게 다르지 않을 것이라는 걸 안다.

마음이 공허한 날, 내 욕심만큼 풀리지 않는 일과 내 생각대로 되지 않는 인간관계 때문에 답답한 날. 이럴 땐 한국 과자를 안주 삼아 중국 맥주를 마시다 스르륵 잠드는 게 방법이다. 어디에 있든 할 수 있는 방법이다.

중국 대학 기숙사 살림살이 준비

새 학기가 시작되면 생기 없던 대학가가 활기를 되찾는다. 상점들은 가게 문을 활짝 열고, 주요 품목들을 상점 밖에 진열한다. 마트라고 하기에는 잡화가 더 많은 슈퍼 겸 생활용품점이 가장 인기가 좋다. 가볍고 저렴한 플라스틱 물건들이 대부분이지만 사는 이들에게는 꼭 필요한 물건들이다.

1년을 함께해야 하는 살림이다 보니 신중하게 고르고 또 고른다. 한 학년을 보내고 방학이 되어 고향에 돌아갈 즈음에는 살림이 아니라 짐이 되겠지만 지금은 기분 좋게 반짝거린다. 짐이 아니라 내 물건으로 계속 남아있을 수 있도록 작아졌다 커졌다 하면 참 좋을 텐데. 그러면 필요할 때만 꺼내 쓸 수 있으니까.

필요해서 산 것들이 어느 샌가 자리를 차지하는 애물단지가 된다. 요즘 미니멀 라이프가 유행이라는데, 이미 사 놓은 걸 처리하는 것부터 머리가 아프다. 없애고 나면 꼭 한 번씩 필요한 일도 생긴다. 나의 쾌적한 공간을 위해, 환경을 위해, 흐름을 따르기 위해 필요 없는 물건을 사지 않기 위해 노력은 해보겠지만 있는 물건을 처리하기에는 아직 마음의 준비가 부족하다.

학생들이야 여러 명이 함께 생활하니 물건을 들여놓고 싶어도 그럴 공간이 없어 자연히 미니멀 라이프가 된다. 몇 가지 안 되는 생활용품이겠지만 마음에 꼭 드는 좋은 물건 만나고, 오래도록 친구로 남을 수 있는 마음 맞는 룸메이트도 만나는 행운이 있길 바란다.

울화가 치미는 병

오후 1시쯤 카페에서 친구를 만났다. 중국 사람들이 낮잠 자는 시간이다 보니 카페는 세상 편히 늘어져 자는 이들로 고요했다. 친구와 차를 마시며 담소를 나누는데 한켠에서 큰소리가 난다. 내 자리에선 머리 꽁지만 보이니 정확하진 않지만, 목소리로 추측하건대 젊은 여자 둘이다. 성조 덕에 음성이 높아질수록 대화는 더욱 극적으로 들린다. 차를 마시고, 낮잠을 즐기고, 휴대폰을 들여다보고, 연인과 눈빛을 교환하던 이들 모두 여성들의 대화에 귀를 기울인다. 누군가에게는 호기심이고, 어떤 이에게는 위험 경보다.

드디어 한 여성이 주도권을 잡는다. 그녀는 기세등등하게 소리치고 울분을 토해 내듯 포효하더니 끝내 울음을 터트린다. 슬프다. 중국인 친구에게 두 여성의 사연을 물었다.

둘은 시누이와 올케 사이란다. 이야기를 들어보니 올케가 아이를 가졌을 때 시집살이를 심하게 해서 태어난 아이가 아프다는 것이다. 그 외 잡다한 집안 이야기가 나왔는데, 대체적인 원인과 결과의 줄기는 같았다.

이야기를 들은 바도 있고, 시어머니와 며느리의 다툼을 직접 본 적도 있어 중국에는 시집살이가 거의 없을 거라고 생각했다. 친구에게 중국에도 시집살이가 있느냐 물으니 잠시의 망설임도 없이 고개를 끄덕인다. 시어머니와 목청 높여 다투는 일이 있긴 하지만 그 역시 대부분 시집살이에서 기인한 것이며, 우리나라와 표현 방법이 다를 뿐 시집살이인 것은 분명하다는 것이다. 그래서 어른들과 한집에 살아도 큰소리가 나는 경우가 많다고 했다. 그리고 그 마음의 슬픔이 몸으로 전이되기도 하는데 그 병명이 '볘추빙 [憋出病 비에추빙]'이라고 했다. 증상을 들어보니 화병이다. 여기저기 검색엔진으로 볘추빙을 찾아보았지만 정확히 우리나라의 화병에 해당하는 것인지는 알 수가 없었다. 그러나 시집살이로 마음이 답답한 증상, 딱히 치료약이 없는 병. 화병이었다.

완벽하지 못한 한국어와 중국어로 이끌어낸 합의 '화병.' 제대로 된 설명 없이 전달받고, 전달했다. 경험해본 것은 아니지만 울화가 치미는 병이라고 설명해주고 싶었다. 시집살이와 화병을 공유할 수 있는 문화가 유쾌진 않았다.

울분을 섞어가며 소리쳐야 했던 이, 오해에서 비롯됐음을 이해
시키고자 했던 이. 둘 모두 답답하고 애달팠다. 한의, 중의, 양
의로도 해결하지 못하는 병. 베추빙. 속을 까뒤집고 보여줄 수
있는 묘책이 생기기 전까지는 사라지지 않을 거라 생각하니 가
슴이 답답하다.

내가 편히 누렸던 것

호랑이보다 무서운 게 세금이던 시절, 사람들 기분이 이런 것이었을까? 외국에 있는 기간이 길어질수록 환전이 두려워 미루고 미루다 결국 현금이 뚝 떨어졌다. 돈 없이 나가는 게 불안해 동전이라도 모아보려고 이곳저곳 뒤적였다. 동전이 있을 만한 곳은 모두 확인해 보고, 뒤집어 털어보기까지 했다.

노력은 사람을 배신하지 않는다더니 여권 케이스 뒷면에 50위안짜리 지폐가 보인다. 외출했을 때 소매치기 당하지 않을까, 계산할 때 카드가 안 되면 어쩌나, 길을 잃으면 어쩌나, 걱정이 되어 꽂아두었던 게 번뜩 떠오른다. 내 돈인데 꽁돈 들어온 기분이다. 내 나라에서는 돈이 부족해서 못썼지 쓰는 게 불편하지는 않았는데 남의 나라에 사니 돈을 가지고 있는 것도, 쓰는 것도 편치가 않다. 새삼 '내가 편히 누렸던 것 중에 이런 것도 있었구나' 라는 생각이 든다.

중국에서 먹는 송편

중국에서 맞이하는 첫 추석이다. 매년 먹은 송편이니 한 해 안 먹어도 그만인데 못 먹는다고 생각하니 아쉽고 우울하다.

한국 슈퍼마켓과 떡집을 찾아다니다 오후 5시가 넘어서야 손에 송편을 쥐었다. 송편인지 꿀떡인지, 꿀떡인지 설탕떡인지 모호하지만 옹골진 모양 하나는 맘에 든다. 이 정도면 맛도 나쁘지 않다.

이제 달 보고 소원 비는 일만 남았다. 전에 친구들과 이야기하던 중에 소원 비는 날 소원을 하나만 비는지 여러 개를 비는지에 대해 이야기를 한 적이 있었다. 나는 여태 꼭 하나의 소원만 빌어야 효험이 있다고 생각했는데, 원하는 걸 몽땅 빈다는 친구들도 생각보다 많았다. 간절함이 분산되지 않을까 싶지만 오늘은 나도 그렇게 해보고 싶어진다.

큰 맘 먹고 기다리는데 정작 달은 보이지 않는다. 보이지 않을 뿐 하늘에 있는 것이 분명하니 달이 있을 만한 곳을 바라보며 열심히 소원을 빌었다. 못된 말로 다른 사람에게 해가 되는 소원은 빌지 않았으니 적어도 몇 개는 이루어지겠지!

중국 대학생의 아르바이트 현실

산동성 일조시 곡부사범대학교 근처 아이스크림 가게 입구에서 '아르바이트 구함 / 6위안'이란 광고를 보았다. 6위안이면 우리나라 환율 170원으로 계산했을 때 약 1,000원 정도다. 이후에는 1시간 아르바이트비가 4위안인 곳도 보았다.

나와 내 친구들은 정말 많은 생각을 했다. 우리가 공부한 '다공[打工 따공]'이라는 단어에는 '아르바이트를 하다'라는 뜻 말고도 다른 의미가 있는 것인지, 아니면 30분 일하고 6위안을 받는 것인지. 하지만 중국 친구들에게 확인한 결과 의심할 바 없이 1시간 아르바이트비는 4위안에서 6위안이었다. 임금이 낮기 때문에 보통 우리나라에서 한 명이 할 일을 중국에서는 서너 명이 하는 경우가 많고, 상대적으로 노동 강도가 강하지는 않지만 일한 대가가 너무 적다는 생각이 들었다.

하북성으로 이사 온 이후 만난 대학생 친구는 일주일에 몇 번씩 베이징으로 아르바이트를 하러 갔다. 대형 프랜차이즈 카페에서 커피를 만드는 일이었다. 1시간을 버스 타고 가는데, 아르바이트비는 시간당 11~13위안 정도 된다고 했다. 학생이라 버스비가 저렴하긴 하지만 힘들게 베이징까지 가냐 물으니 학교 근처에서는 마땅한 아르바이트를 찾기가 힘들다고 했다. 보통 서비스직의 직원 월급이 2,500~3,000위안 정도로 낮기 때문에 고용주 입장에선 굳이 매일매일 관리가 필요한 아르바이트생을 쓸 필요가 없다는 것이었다.

아르바이트비를 800위안 넘게 받으면 금액의 20%를 세금으로 낸다고도 했다. 예를 들어 중국 대학생 밍밍이 2,500위안의 돈을 벌었다면, 2,500위안에서 800위안을 뺀 금액의 20퍼센트인 340위안을 세금으로 낸다는 것이다. 그래서 보통 학생들이 800위안(약 136,000원)을 넘지 않게 아르바이트를 한다는 이야기도 들려주었다. 하지만 아르바이트 자리를 찾는 것 자체가 어려워 학업 외의 시간에 일을 하고 싶어도 할 수 없다는 게 친구의 이야기였다. 남학생들의 경우 여러 명이 짝을 이뤄 택배 아르바이트를 하기도 한다고 했다. 월요일 배달은 수업이 없는 샤오밍이, 화요일은 왕려가 이렇게 팀을 이뤄 하는 것이다.

중국은 대학 등록금, 기숙사비, 식비 등이 높지 않기 때문에 우리나라만큼 부담되는 금액은 아니다. 그렇지만 휴학이 일반적이지 않아 어느 정도는 부모님의 도움을 받을 수밖에 없다. 친구와 둘이 앉아 이것저것 계산해보면서 어디나 살기 어려운 건 매한가지라는 결론을 냈다.

외국에서 17세 때 복권에 당첨된 여성이 복권 당첨으로 자신의 인생이 망가져 소송을 냈다는 기사를 보았다. 그래도 복권 당첨 한번 돼봤으면 좋겠다. 그런 일이 있으려나…. 헛된 꿈 잠시 꾸고, 다시 접고 열심히 살아보리라 오늘도 다짐한다.

비닐 포장 파인애플에 적힌 숫자

과일 가게 진열대에 파인애플이 놓여 있다. 껍질을 까서 투명 비닐로 노란 부분을 감쌌는데 비닐에는 5, 6, 7, 8이라는 숫자가 적혀 있다. 나는 숫자가 당도를 나타내는 것일 거라고 생각했다. 그런데 손님이 홍정하는 걸 보니 당도가 아니라 가격이다. 자세히 보니 크기가 조금씩 다르다. 1위안은 우리 돈으로 170원 정도 되니 차이가 미미한 것은 당연할지도 모르겠다.

5, 6, 7, 8의 숫자를 보고 돈을 떠올리지 못했다. 나의 관습상 파인애플 한 통은 적어도 몇 천 원 이상은 되니까 한 자리 숫자가 가격을 나타낼 거라고는 생각하지 못한 것이다. 확실히 나는 아직 초보 중국생활인이다. 언제쯤 중급자가 될지는 미지수다.

지구 어디에선가 누군가는
또 이렇게 어려운 공부를 하고 있다

수업 마치고 내려오는데 문 열린 강의실이 보인다. 빼꼼히 들여다보니 빈 강의실이다. 칠판에 그래프와 기호가 잔뜩 적혀 있다. 어렴풋이 기억나는, 그러나 여전히 제대로 이해하지 못하고 있는 공식들이다.

대학에 갓 입학했을 때 이공대 학생들이 고등학교 시절 지겹게 보던 수학 정석 책을 다시 꺼내들고 공부하는 모습을 보았다. 그때 그 문제들을 풀지 않아도 된다는 것에 얼마나 감사했었는지 모른다. 그런데 오늘 보니 지구 어디에선가 누군가는 이렇게 또 어려운 공부를 하고 있다. 릴레이 하듯 여기서 저기서 해가 지면 또 다른 곳에서 공식을 풀어내고 있다. 내 힘으로 움직이지 못하는 것들은 대부분 이 어려운 공부를 한 사람들이 생각해내고 만들어냈을 것이다. 나 대신 해주어 진심으로 고맙다.

다시 태어나도 저렇게 어려운 공부는 안 하고 싶을 것 같긴 한 데, 모를 일이다. 그나저나 칠판에 적힌 한자를 보니 수학과 과학을 한글로 배운 일도 참 다행스런 일이다 싶다.

'일'이 나를 건강하게 만든다고 믿는다

집 옆에 제법 큰 유치원이 있다. 오후가 되면 아이들의 재잘거림이 내방까지 들린다. 녀석들이 점심을 먹고 운동을 하러 나온 것이다. 아이들이 기분 좋을 때 질러대는 특유의 비명 소리덕에 귀가 윙윙하다. 베란다로 나가 바라보면 나까지 건강해지는 느낌이 든다. 아이들은 둘러앉고, 잡으러 다니고, 밀치고 부딪친다. 넘어져 울고 생떼부리다 또 다시 일어나 마주 보고 웃는다. 어디나 아이들 노는 모습은 고만고만하다.

토요일 날 초등학생을 대상으로 하는 독서토론 수업을 4년 넘게 했었다. 평일은 수업을 하는 날도 있고 그렇지 않은 날도 있었지만 토요일은 항상 수업이 있었다. 아이들이 워낙 바쁘니 독서 수업은 토요일로 밀리는 경우가 많았고, 특강 형식의 수업이다 보니 학생들이 도서관에 올 수 있는 토요일이 자연스러웠다. 나도 학교를 다니고 있는 입장이라 주말 수업이 편하기도 했다. 주로 계획서를 만들어 수업을 했기 때문에 나를 대신해줄 사람은 없었다. 그래서 금요일은 항상 긴장했다. 아프면 안 되고 늦으면 안 되었다. 그렇게 시간을 보내느라 친구들 모임이나 결혼식에 참석하지 못할 때가 많았다. 덕분에 핀잔도 꽤 들었다.

중국에 온 후 토요일에 일하지 않게 된 지 1년이 넘었다. 그런데도 토요일이 되면 수업하러 가야 할 것 같은 기분이 든다. 일하러 가지 못하는 것이 아쉽다. 부자가 되는 직업은 아니었지만 즐겁고 보람 있는 일이었다.

한국에 있을 때보다 시간도 많고 여유로운데 마음만은 그렇지 않을 때가 있다. 매일 반복되는 느긋함이 오히려 건강을 해칠 수도 있다는 걸, '일'이 나를 건강하게 만든다는 걸 이곳에 와서 알게 되었다.

건강해지기 위해 다시 노력 중이다. 그 과정에 있다. 과정이 결과로 이어질 수 있도록 매일 조금씩 움직이고 있다. 다시 긴장하며 웃을 수 있도록 말이다.

신고 걷고 껑충 오르고

베이징 여행을 하다 결이 보송보송하게 살아있는 핑크색 털신을 발견했다. 여행 중 이거다 싶은 건 조금 비싸더라도 그 자리에서 사야 후회가 없다는 생각으로 가격을 물었다. 45위안(약 8,000원)이다.

관광지 프리미엄을 생각하면 적당한 금액이다. 사려고 마음먹고 발 사이즈를 이야기하니 주인이 난감한 표정을 짓는다. 딱 내 사이즈만 없단다. 내가 망설이니 가격을 내린다. 처음에는 5위안을 낮게 불렀는데 그래도 내 표정이 뚱하니 5위안을 더 깎아준다. 그런데도 망설이자 털신이니 크게 나와서 한 사이즈 정도는 작게 신어도 된다며 내 발밑에 우겨 둔다.

'어? 그런가?'

맞는 말인 것 같기도 해 망설여진다. 결단이 안 서 머뭇대자 주인은 다시 5위안을 내려 부른다. 이제 가격도 저렴하니 작지만 예쁘니까 슬리퍼처럼 집에서 신을까, 아님 장식용으로 둘까. 머리가 바빠진다. 그런데 어느 순간 '신발이잖아…' 라는 생각이 든다.

내 발에 맞지 않는 신은 아무리 예뻐도 신발이 아니다. 쓸모가 없다. 정신을 차리고 주위를 둘러보니 이미 그녀와 나 사이에는 불편한 기류가 흐른다. 다시 망설이다 정중히 죄송하다고 말씀을 드리고 앞으로 걸었다.

내 신은 나에게 꼭 맞아야 한다. 신고 걷고 껑충 오르고, 열심히 오래 달려야 하니까.

이로운 도깨비에 홀린
중국에서의 겨울밤

여행이 막바지에 이르면 여지없이 지루하다. 더 이상 새롭지
않아서인지 낯선 곳에 대한 기대와 긴장감이 뒤섞여 몸이 피곤
한 탓인지, 빨리 침대에 눕고 싶은 생각뿐이다.

천단공원을 충분히 둘러보고 싶었는데 스모그와 이른 폐관 시
간 때문에 제대로 관람을 하지 못했다. 대충 사진 몇 장 찍고
나와 버스정류장에서 호텔로 가는 버스를 기다렸다. 이런 날은
왜 버스도 빨리 안 오는지. 가만히 서 있기가 심심해 주변을 둘
러봤다. 추운 날 스모그까지 자욱해 분위기 자체가 묘한데 가
로등 불빛 아래 큰 광고판이 스릴러 영화에 등장하는 이정표마
냥 자리하고 있는 게 보인다.

눈매가 깊고, 얄상하고 다부진 입술을 가진 여성이 붉고 큰 보
석을 주렁주렁 달고 있다. 촌스럽다 싶을 만큼 요란한데 그게
자연스럽게 어울린다. 정면을 응시하고 있는 그녀의 큰 눈은

아라비아 공주가 날 바라보고 있는 것 같은 착각을 일게 했다. 홀린다는 게 이런 거구나, 라며 빠져들고 있는데 다행히 버스가 왔다.

타국에서의 겨울은 내내 무언가에 홀려 있는 느낌이다. 도깨비에 홀려도 혹 떼주는 착한 도깨비도 있으니 나쁘다고만은 할 수 없다. 만나게 되더라도, 홀릴 수밖에 없더라도 이로운 도깨비를 만나고 싶다. 이국에서의 생활이 오래도록 아련하게 남을 수 있도록.

● 재미있는 중국 이야기 4

중국에서 매시간 볼 수 있는 빨간색

● 중국을 생각하면 으레 빨간색이 떠오른다. 실제로 의식주 전반에서 액운을 막아주고 행운을 가져다주는 길한 색으로 여겨져 많은 곳에서 사용된다. 그 사용처와 의미를 알면 중국을 좀 더 이해할 수 있지 않을까 싶다.

○ 중국의 세뱃돈 봉투 '훙바오'

훙바오 [红包 훙빠오]는 세뱃돈 봉투로 사용되는 빨간색 봉투다. 중국의 음력 설에 해당하는 춘절이 가까워지면 대형 마트와 상점에는 갖가지 모양의 훙바오가 대방출된다. 가족과 지인들에게 나눠줄 붉은 봉투 쇼핑이 시작되기 때문이다. 춘절에 가장 많이 사용되고 결혼식, 개업식, 생일 등 축하의 마음을 전할 때도 훙바오가 쓰인다. 우리와 달리 흰색은 죽음을 의미하는 색이라고 생각하여 조의금 봉투로만 사용되니 축하의 마음을 전할 땐 흰봉투를 사용하지 않도록 주의해야 한다.

이제는 중국에서 일상이 된 전자결제 시스템 위챗페이에도 홍

177

바오가 있다. 위챗페이에서 대화하고자 하는 대상자의 창을 열고 홍바오 메뉴를 선택한 후 200위안 이하의 돈을 보내면 된다. 상대방이 받은 홍바오를 클릭하여 열면 홍바오 전송이 완료된다. 이체와는 다른 느낌으로 생일, 결혼기념일 등에 '8'을 넣어 홍바오 이벤트를 하는 것이 중국의 새로운 문화다.

전자결제 상에서도 사용될 만큼 붉은색 봉투는 중국인들에게 특별한 의미를 가지므로 축하하는 마음을 전할 때 빨간 봉투를 사용한다면 중국 문화를 이해하고 나름의 예의를 갖춘 사람으로 기억될 수 있을 것이다.

○ 빨간색 속옷이 필요한 본명년

중국에선 12년에 한 번 돌아오는 자신의 띠에 해당하는 해를 '본명년(本命年)'이라고 한다. 그런데 이 해에는 건강이 나빠지는 등 불운이 찾아오므로 미리 방비를 해야 한다고 생각한다. 그 방법은 피의 색과 같은 붉은색 물품 중 몸에 지닐 수 있는 것을 착용하는 것이다. 속옷, 양말, 허리띠, 팔찌 등이 이에 해당한다. 단, 본명년 물건은 타인에게 받은 것이어야 한다고 하니 주변에 본명년을 맞이한 이가 있을 때 마음을 담아 빨간색 팔찌 등을 선물해보면 좋을 것 같다.

○ 행복만이 가득하길 바라는 붉은 신혼방

붉은색이 길운을 가져다준다고 믿는 만큼 인륜지대사인 결혼에서도 빨간색이 빠지지 않는다. 결혼식장 바닥과 장식품 그리고 식탁 테이블이 모두 붉은색으로 꾸며진다. 신부는 흰색 드레스를 입고 결혼식을 치른 후 피로연을 겸할 때 빨간 드레스나 치파오로 환복한 후 손님들께 감사 인사를 한다. 붉은색 행렬은 여기서도 끝이 아니다. 신혼집에서도 빨간색이 쓰인다. 특히 안방에는 가능하면 많은 것을 빨간색으로 한다.

간혹 신혼 물품을 파는 상점이나 백화점 매장을 둘러보다 보면 작은 물건까지도 붉은색으로 만든 것을 볼 수 있다. 침구류가 붉은색인 건 당연하고 슬리퍼, 신혼여행 가방, 여행용 목베개, 스탠드 장식 등이 모두 빨간색이다. 좋은 시작으로 잘 살길 바라는 마음이 강렬하게 다가온다. 빨간색의 의미와 사용처를 깊이 알게 된다면 중국을 좀더 깊고 넓게 알아갈 수 있을 것이다.

05
거주자로서의 일상

서른과 마흔 사이, 41번째 중간고사는 중국에서

둘이 하는 여행, 결혼

서른넷에 중국 어학연수를 간다고 했을 때, 열에 아홉은 이런 말을 했다.

"가서 중국 부자 만나서 결혼해!"

결혼 적령기를 넘기기도 했고, 당시 언론에 중국 큰손들의 이야기가 자주 등장하던 터라 "잘 찾아볼게요" 하고 웃어넘기긴 했지만 뒷맛은 항상 썼다. 나름 어렵게 된 장학생인데 내가 이룬 성과를 진지하게 받아들여주는 이는 많지 않았다. 대놓고 말은 안 해도 만혼으로 사회문제를 야기하는 걱정거리로만 치부하는 듯했다.

일조에서 학교생활을 마칠 무렵, 그곳으로 출장 온 지금의 남편을 우연히 만났다. 학교생활은 즐거웠지만 또래가 없어 마음 한구석이 허전하던 시기였다. 어학원 친구들의 졸업 이수 학점 걱정과 직업을 위한 자격증 공부 계획은 듣고 공감할 수는 있지만 나에겐 이미 지난 일이었다. 내 이야기를 하고 공감 받을 수 있는 말할 상대가 매우 고픈 상황이었고, 어학원 한국어 강사 면접을 두고 고민도 많을 때였다.

또래의 한국 남자를 만난 첫날, 나는 쉬지 않고 이야기를 쏟아냈다. 더욱이 상대가 중국생활을 오래 했다고 하니 기회는 이때다 싶었다. 염치 불구하고 학교 계약 관련 사항 여러 가지를 묻고 내 일을 도와달라고 부탁까지 했다. 남편은 예의상 웃으며 이야기를 듣긴 했지만 속으로 '참 말 많은 아줌마다'라는 생각을 했다고 한다. 그런데 그 아줌마의 이야기가 들을수록 재밌었는지 자동차로 12시간이 넘는 거리를 일부러 출장을 만들어 나를 만나러 왔다. 역시 천일야화의 세헤라자데가 이미 증명한 바 있는 '이야기'의 힘이 바로 이거다.

그렇게 1년 반 정도 연애를 하고 결혼을 했다. 결혼 소식을 알리니 이번에도 열에 아홉은 같은 질문을 한다.

"중국 사람이야? 중국 가길 잘했네."

그럴 확률이 참으로 높았겠지만 그 먼 타국에서 나는 고향 남자를 만났다. 지금도 둘이 우스갯소리로 우린 어릴 적에 적어도 한 번은 만났을 거라고 이야기한다. 로맨틱하게 이야기한다면 '역시 인연은 따로 있다'고도 할 수 있겠지만 서로의 노력이었음을 우린 알고 있다.

중국 사람과 결혼을 한 것은 아니지만 나 역시 중국에 오길 잘
했다고 생각한다. 혼자하는 여행. 참 입이 근질근질하고 심심
했는데 둘이 하게 되니 절로 신이 난다.

잘해보자. 살면서 재밌는 이야기 많이 해줄게.

예상 못한 친구 '도도'

남편을 두어 번쯤 만났을 때 그는 나에게 고양이를 좋아하느냐고 물었다. 나는 1초의 망설임도 없이 싫다고 답했다. 강아지는 귀엽지만 고양이는 내키지 않았다. 초등학교 때 보고 듣던 공포 시리즈 단골 주인공 고양이는 홍콩할매만큼 무서운 복수의 화신이었다.

실컷 고양이가 싫다고 했는데 자긴 고양이를 키운다고 한다. 애교가 많아서 딸같이 귀엽고 외로움을 덜어주는 가족이라면서 고양이 자랑을 늘어놓는다. 나는 괜히 심술이 나서 결혼할 사람이 싫다고 하면 어쩔 거냐고 하니 시무룩한 표정으로 "어쩔 수 없지요 뭐" 한다.

고양이? 고양이….

서로 마음속으로 결혼을 염두에 두는 동안 고양이는 차마 꺼내지 못하는 우리의 잠재적 문제였다. 그런데 시간이 흐를수록 내가 사랑하는 사람이 아끼는 가족이라는데 별 수 있나 싶은 생각이 들기 시작했다. 결국 첫 대면을 시도했다.

처음 만나던 날 뾰로통한 마음으로 문을 열고 현관에 들어서는데 녀석이 날 보자마자 후다닥 도망을 간다. 표정과 행동을 보니 태생이 겁쟁이라 복수 근처는 가지도 못할 것 같다. 녀석은 구석에서 한참 동안 상황을 살피더니 어느새 슬금슬금 내 옆으로 와 킁킁 냄새를 맡는다. 그러더니 바짝 세운 꼬리로 나를 이리저리 스친다. 나도 녀석을 살폈다. 갈색빛이 감도는 고양이는 작고 귀여웠고, 깊고 투명한 파란 눈은 한없이 매혹적이었다. 고양이의 매력이 그런 것임을 누군가 설명해주지 않아도 단번에 알아차릴 수 있었다.

고양이는, 도도는 말캉하고 따뜻했다. 눈앞에 보이지 않을 때 "도도야~" 하고 부르면 어딘가에서 총총거리며 걷는 둥 뛰는 둥 하며 온다. 아기 때부터 도도한 게 매력이라 '도도'라고 이름 지었다는데 내 보기엔 속없는 애교쟁이일 뿐이다.

향수병으로 고생할 때 부드러운 도도를 안고 있으면 외로움이 잠시 잊히는 듯했다. 녀석에게 많은 위로를 받았고, 어느새 우린 베스트 프렌드가 되었다. 물론 가끔 도도가 하는 행동으로 봐선 나를 자기보다 아래 서열에 두고 있음이 분명해 보이지만.

요즘 우리 부부는 자주 도도가 벌써 몇 년을 살았구나 하고 손
가락을 센다. 앞으로의 일을 생각하면 슬프지만 도도는 아직
젊고 건강하다. 함께하는 동안 서로 아껴주며 의지가 되는 좋
은 친구이고 싶다.

새삼 낯설게 느껴지는 곳

한국에서 결혼식을 마치고 이것저것 정리를 하고 남편보다 늦게 중국에 들어왔다. 배웅 나온 남편을 만나서 공항 밖으로 나오는데 심란하다. 회색으로 하늘을 뒤덮은 강도 높은 미세먼지와 매캐한 냄새가 싫다. 둔탁한 베이징의 공기는 그동안 충분히 겪어 왔는데 처음인 것 마냥 낯설고 두렵다.

갑자기 중국으로 발령을 받고 오는 사람들 중 처음부터 이곳에 호감을 갖는 이들은 거의 없다. 두려운 마음에 한 달간 집밖에 나오지 않았다는 주재원 가족들의 이야기는 자주 듣는 레퍼토리 중 하나다. 물론 그 불안감은 어느 샌가 사라지고 안정된 일상을 찾게 되지만.

나의 첫 중국생활은 설렘과 행복으로 시작되었다. 중국에 오는 것을 꿈꿨고, 처음부터 좋은 곳에서 마음이 맞는 사람들을 만나 열심히 배우고 여행했다. 어려울 게 없었다. 그런데 결혼식 이후 밝은 땅은 나를 두렵게 했다. 나는 이제, 그리고 적어도 몇 년 이상은 이곳에서 생활을 해야 하는 거주자였다. 걱정 없이 지내다 6개월 뒤에 우리나라로 홀쩍 돌아가면 되는 발랄한 여행자로서의 역할은 끝난 것이었다. 마음이 이렇게 간사할 줄은 몰랐다. 마음에 벽이 들어설지 내 스스로도 예상하지 못했던 터라 당황스러웠다. 남편에게 내색은 하지 않았지만 차를 타고 집으로 오는 내내 머릿속이 복잡했다.

가족과 친구가 있고, 공기 맑고 물 좋고, 신선하고 안전한 식재료들이 지천에 있고, 긴장하지 않고도 술술 이야기할 수 있는 우리나라로 돌아가고 싶었다. 그렇지만 이 모든 것은 나의 선택이었고 내 옆에는 싱글벙글 웃으며 나를 사랑해주는 남편이 있었다. 다시 시작해야 하는 것임을 알았다. 사랑하는 사람과 함께라면 할 수 있었다. 생각을 바꾸자 이곳에서 할 수 있는 공부, 배울 수 있는 문화, 만날 수 있는 사람들이 떠올랐다.

내가 선택했다는 책임감 때문에 어떤 의무를 가지고 살고 싶지는 않다. 무거운 삶을 살기 위해 이곳에 온 것이 아니다. 언제 또 남편과 둘이 매일 데이트하듯 자유롭게 살아볼 수 있겠는가. 외국 생활 중 최고의 특권이다. 자라온 환경과 다른 곳에서 살아가는 것이 쉽지만은 않겠지만 매일을 열심히 사는 우리는 조금씩 성장해 나갈 것이다.

이제는 정말 우리집이 된 중국의 아파트가 가까워지자 손뼉이 쳐질 만큼 반가웠다. 남편은 장난스레 환영의 노래를 불러준다. 그래, 웰컴이다.

어른들께서 말씀하신
인생사의 복잡함에 대해서

중국에는 바퀴가 세 개인 자동차인 듯 오토바이인 듯 자전거인 듯한 삼륜차가 많다. 중국 대도시는 삼륜차가 불법으로 지정되어 있어서 없는 곳도 많지만, 소도시에서는 심심치 않게 볼 수 있다. 도로 곳곳에 줄지어 서서 손님을 기다리는 삼륜차의 모습은 중국 소도시의 흔한 풍경이기도 하다.

그런데 '중국에서 조심해야 하는 일' 중 하나가 바로 이 삼륜차 탑승이다. 중국에 왔을 때 중국생활 선배들로부터 삼륜차가 안전하지 않으니 가능하면 타지 않는 게 좋다는 이야기를 많이 들었다. 노후한 데다 불안정한 차체로 과속하는 경우가 많아 사고가 나기 십상이고, 사고가 나도 보상 받기가 힘들다는 것이다. 처음에는 겁에 질려 절대 타지 않았지만 지금은 중국생활이 익숙해진 만큼 가끔 탄다. 울퉁불퉁한 길을 갈 때면 엉덩이에 불이 날 정도로 승차감이 좋지 않고, 작은 몸집으로 이곳저

곳 끼어들기를 잘해 나도 모르게 손에 힘이 들어갈 때가 많지만 가까운 거리를 가거나 급할 때 이것만한 게 또 없다.

식당에서 밥을 먹고 나오는데 삼륜차가 주차되어 있다. 앞 유리창에는 A4종이가 꽂혀 있다. 궁금해서 가까이 가 보니 누가 봐도 어린아이가 그린, 딱 유치원생다운 그림이 있다. 온전히 색도 입히지 못한, 그저 손에 힘 꽉 주고 연필 꾹꾹 눌러 그린 그림이다. 삼륜차 운전기사분의 아들, 딸 혹은 손주의 작품인 것 같다. 얼마나 예쁘고 귀하면 앞 유리창에 끼워 자랑을 할까.

많이 미안했다. 누군가의 가족에게 조금이나마 부정적인 생각을 가졌었다는 것에 대해. 삼륜차가 합법이라고 하기도 하고 위법이라고 하기도 하는데 정확히는 모르겠다. 무엇이든 안전하지 않고 누군가에게 피해를 준다면 잘못된 것이다. 그런데 그림을 보는 내내 미안했다. 그래서 어른들께서 인생사 쉽지 않다고 하셨는가 보다.

나의 완전 아군 씨스터가 다녀갔다

나의 완전 아군 씨스터가 다녀갔다. 하필 스모그가 난리인 때
와서는 정말 집에서 도도만 실컷 보다 갔다. 아파트 단지조차
나가기 힘든 정도라 베이징 관광은 엄두도 못 냈다.

공항 가는 날 아침은 항상 정신이 없다. 그런 게 당연하다는 듯
씨스터가 한국으로 돌아가던 날도 혼이 쏙 빠져서는 허둥대며
가방 속 여권만 연신 확인했다. 그렇게 커피 한잔 제대로 마시
지도 못하고 작별 인사를 했다.

공허한 마음으로 집에 돌아와 힘없이 화장대 앞에 앉았는데
파란색 봉투가 눈에 띈다. 동생이 카드를 써둔 것이다. 조심스
럽게 봉투를 열어 재빨리 글을 읽었다. 나 혼자인데도 편지를
읽을 때면 왠지 부끄러워서 속사포같이 읽어내리곤 한다. 빠르
게 한 번, 천천히 다시 한 번 글들을 눈에 넣었다. 언제나 씨스터
의 편지는 뭉클하다.

엄마와 나, 씨스터. 우리 세 모녀는 텔레파시가 통한다. 만두가 먹고 싶다고 생각하면 누군가 만두를 들고 들어서고, 기분이 좋지 않다 싶은 날은 그녀들 또한 그렇다. 뭐 그런 게 어디 있냐고, 우연을 과하게 표현한다 하면 할 말은 없지만 그런 게 있다. 오늘도 그녀와 나의 텔레파시는 통했다. 나도 씨스터에게 카드를 써서 그녀의 짐 가방에 넣었었다. 씨스터를 낳아준 어머니께 감사하다는 내용이었다. 내가 받은 씨스터의 카드 내용 역시 같았다. 영원한 내 편께서 내 편을 또 만들어주셨음에 감사한다.

입체 카드에는 중국이 들어 있었다. 천안문 광장, 동방명주, 경극, 꼬치요리, 쿵푸… 한국에서 구매했다는데 중국의 특징을 한눈에 잘 볼 수 있게 표현해내고 있었다. 한국에서 디자인했지만 중국에서 만들어져 한국으로 건너갔다가 다시 중국에 있는 나에게 건네지지 않았을까 싶다. 씨스터의 지령대로 사람과 건물 모형을 하나하나 정성스럽게 뜯어 일으켜 세웠다. 책상에 두고 보니 좋다. 바라보며 그녀를 생각하기에는 더 좋다.

뭔가를 팔거나 만들거나

남자들은 알려나? 간혹 여자화장실 세면대 앞에서는 거울을 차지하기 위한 소리 없는 전쟁이 벌어진다는 사실을. 미처 집에서 하고 나오지 못한 화장을 하기 위해, 화장은 했지만 섬세한 터치로 수정을 해야 해서. 그런데 중국 여자 화장실에서는 화장하는 모습을 보기 힘들다. 베이징 번화가와 학교에서 두어 번 본 적이 있을 뿐이다. 수업 후 약속이 있어 화장실에서 립스틱이라도 바를라치면 요상한 눈초리를 감수해내야만 한다.

학생들이 대부분 기숙사 생활을 해서인지 특별한 날이 아니고선 화장을 하지 않고 수업에 온다. 정말 선크림조차 바르지 않은 수수한 얼굴 그 자체다. 그러니 학교 화장실에서 못 보던 행동을 하는 몇몇에게 고운 눈초리가 갈 리 없다. 문화대혁명 시기 여성들의 화장은 금기시되었었다. 때문에 지금까지 그 모습이 남아 있어 여성들의 화장을 당연시 여기지 않는다. 화장품과 화장법에 대한 관심이 급속도로 높아지고 있지만 화장품이 피부 건강을 해친다는 생각도 함께 공존한다.

어느 날, 대형 쇼핑센터에서 여성들이 화장법 배우는 모습을 보았다. 대학 입학 후의 내 모습이 생각났다. 잡지 보며 이것저것 발라보고, 화장 잘하는 선배나 친구들에게 화장법을 전수받기도 했다. 특히 눈썹과 아이라이너 그리기, 마스카라 뭉치지 않고 바르기는 반복 연습이 필요한 고난도 기술이었다. 그 시절 내 모습이 생각나 근처에 자리를 잡고 슬쩍 보는데 참 이것저것 많이도 바른다. 화장 받은 이는 당연히 한 개쯤 사야 하는 분위기다. 그런데 하나를 사면 곧 또 하나를 사게 될 것이다. 립스틱 여러 개인 여자는 있어도 한 개밖에 없는 여자는 찾기 힘들다. 얼굴에 바르는 게 립스틱만 있는 것도 아니다. 얼굴을 뽀얗게 정돈하고, 눈썹을 그리고 눈에는 예쁜 색을 입히고, 볼에는 생기를 넣는다. 화장 잘 못하는 나도 색조 화장품이 다섯 개 이상은 된다. 매 계절 같은 색을 쓸 수도 없고, 화장품이 나에게 맞지 않을 수도 있으므로 사고 또 산다.

문득 생각이 꼬리를 문다. 중국 여성들 중 아직 화장을 시작하지 않은 여성이 많다…그 여성들 중 다수는 화장을 하게 될 것이다… 립스틱을 산다… 한 명당 2개 이상씩 산다… 아이섀도

우도 산다… 계절별로 산다… 정신이 번쩍 든다. 이걸 팔면 도 대체 얼마가 되는 건가! 이래서 중국에 오면 사업 생각이 드는 거구나.

학교생활 시작할 때 한국 친구들하고 중국에서 뭘 팔면 돈 많이 벌겠다, 이런 이야기를 자주 했었다. 그 친구들 중 몇몇은 벌써 실행으로 옮기기도 했을 것 같다. 친구들과 이야기할 때 나랑은 전혀 상관없다고 생각했었는데 요즘은 앞일 모를 일이라는 생각이 든다. 중국에 와서 살고 있을 줄 몰랐으니, 뭔가를 팔거나 만들고 있을 수도 있다. 외국에 살다 보니 안 하던 생각을 하긴 한다. 이런 걸 자아고찰이라고 해야 할지 잠재적 재능과 욕구의 발현이라고 해야 할지는 모르겠지만 말이다.

열심히 따라하지 않기,
따라가지 않기

사람들이 멈춰서서 고개를 젖히고는 휴대폰으로 무엇인가를 열심히 찍고 있다. 무리 중 세 사람만 같은 행동을 해도 나머지 사람들이 따라하게 된다는데, 길 가던 사람 과반수가 하늘을 보고 있으니 나도 별 수가 없다. 고개를 젖혀 하늘을 본다.

허공엔 네모반듯하게 꽉 들어찬 대형 스크린이 있다. 초단위로 달라지는 화려한 영상의 주제는 계절의 변화다. 스크린에 압도된 이들이 뿜어내는 경이로움과 적당히 차가운 밤공기가 더해져 몽환적인 분위기가 연출된다. 일면식도 없는 이들과 함께 같은 것을 공유하니 동질감도 든다. 목이 아픈 줄도 모르고 한참을 서서 영상을 지켜봤다.

가끔, 사람들이 하는 행동을 무작정 따라하곤 한다. 안 하면 나만 손해 보는 것 같다. 나름 스스로를 지각 있는 사람이라 여기며 득 되는 것만 따라하려고 하는데 낭패를 볼 때도 있다. 그럴 땐 아쉽게도 책임져주는 사람이 아무도 없다. 열심히 따라하고 따라가며 살고 싶지만은 않다. 내가 책임지고 가꿔야 하는, 내가 기억하는 한 오직 한번뿐인 삶이다. 그러니 후회 없도록 선택도 내가 하고 싶다.

그대와 춤을 운동을 건강을. 그대와 상관없이

이 춤을 뭐라고 부르면 좋을까. 커플 댄스, 광장 댄스, 무도회 춤…. 짝을 이뤄 손을 잡고 느린 음악에 맞춰 정해진 스텝을 밟으니 사교댄스라고 해야 맞겠지만, 거창한 이름을 붙이는 것도 그렇고, 어딘지 건전하지 않은 것 같은 사교댄스라는 이름을 붙이기에는 적절치가 않다. 사교댄스가 잘못된 건 아닌데 어디서부턴가 그 인식이 꼬여 있는 건 확실하다. 사교라는 어감이 문제인지 댄스라는 행위가 문제인지는 모르겠다.

여름날 밤, 저녁 8시 쇼핑몰 광장. 꼭 이곳에 와야지만 볼 수 있는 광경이다. 동성, 이성 상관없이 짝을 이뤄 춤을 추는데 치마를 입고 적당히 굽이 있는 구두를 신어 격식도 갖춘다. 이 분위기가 좋다. 스피커에서 흘러나와 심장을 울리는 큰 음악소리, 쿵짝을 맞추는 주변의 화려한 네온사인, 그리고 부끄러움을 잊게 하는 수십 명의 춤추는 사람들. 바라보고 있으면 절로 어깨가 들썩이고 발이 굴러진다. 내 짝에게 춤을 신청한다. 여지없이 거절을 당한다. 예상한 바라 서운할 것도 없다.

광장을 매혹의 무도장으로 만든 이 서양춤은 1920년대에 중국에 전파되었다고 한다. 당시에는 상류층들만이 전유하는 여흥이었지만 점차 대중화되었다. 문화대혁명 시기에는 시대 상황상 주춤했지만 이후 1980년대에 다시 부활하여 학교 교육과정으로까지 채택되었다. 지금은 광장무와 함께 중국인들에게 사랑받는 문화생활 중 하나다. 사회주의 국가인 중국에서 사교춤을 본다는 것, 그것도 사방이 트인 공간에서 오롯이 자신과 파트너에게만 집중한 채 춤을 추는 사람들을 보면서 묘하게 낯선기분을 느낀다. 나는 중국을 얼마나 알고 있을까.

마주 보고 춤추는 건 멋진 일인 것 같다. 아르헨티나의 거리 탱고만이 아름다운 건 아니다. 예쁜 옷 입고 멋진 신 신고 파트너랑주거니 받거니 한 바퀴씩 빙 돌면 세상 시름 다 잊을 것 같다. 배우자도 좋고, 친구도 좋고, 가족도 좋고. 어느 누구와도 할 수있어서 더 좋다. 그리고 손잡으면 한꺼풀 더 친해지리라. 춤은못 추지만 겸사겸사 내 옆의 그대와도 손 한번 잡아본다. 춤은같이 추지 않아도 된다. 함께하는 삶이 춤이면 되니까.

중국의 겨울은 훠궈 전쟁

좀 과장해서 말하자면 우리나라 카페 옆에 카페가 있듯 중국에는 훠궈집 옆에 훠궈가게가 있다. 기존의 상점이 문을 닫고 인테리어 공사 하는 곳을 보면 어떤 가게가 들어설까 기대를 하는데 어김없이 훠궈집이다. 말 그대로 '훠궈 전쟁'이다(내용은 다르지만 〈훠궈전쟁〉이란 영화도 있다). 동네에 없는 게 들어섰으면 하는 아쉬움도 있지만 저 집은 또 어떤 국물에 어떤 재료를 쓸까 하는 궁금증이 생겨 섭섭함은 곧 잊힌다.

입김 나오는 계절에는 뜨끈한 국물에 몸을 녹이고 보양까지 할 수 있는 것으로 훠궈만한 게 없다. 현지에서도 저렴한 외식 음식은 아니지만 양이 푸짐하고 여럿이 오래 먹을 수 있어 요즘 말로 가성비 좋은 음식이다. 시중에 판매되는 훠궈 양념을 이용해 가정에서도 먹을 수 있다. 맵지 않은 백탕 또는 매운 홍탕을 기호에 맞게 선택해 스프와 물을 적절히 넣고 끓이면 된다.

야채 몇 종류와 고기를 준비해 각자 취향대로 먹으면 되니, 뚝딱 완성 손님맞이 음식으로도 제격이다.

훠궈는 작은 개인냄비를 선택해도 되고, 칸이 나눠진 큰 냄비에 다양한 종류의 국물을 넣어 함께 먹어도 된다. 개인 훠궈는 내 취향대로 재료를 우려 국물을 낼 수 있지만 다양함을 맛볼 수 없다는 단점이 있고, 큰 냄비는 다양함을 맛볼 수 있는 대신 내 취향이 아닌 재료가 들어가 원하지 않는 국물을 맛봐야 한다는 단점이 있다. 나는 양고기를 즐기지 않는데 간혹 양고기가 우려진 훠궈탕을 맛보면 나도 모르게 미간이 찌푸려진다. 남편은 매운탕에 온갖 고기와 고기 부속물을 넣는 것을 좋아하고, 나는 맑은 버섯탕을 좋아해 두 칸으로 나눠진 원앙 냄비를 사용한다. 보기도 좋고 합리적이다. 냄비 중앙을 납땜해 개인 영역을 만들어준 이가 고마울 따름이다.

그런데 문제는 먹는 게 아니라 주문이다. 괜찮다 싶은 훠궈집을 가면 메뉴판에서부터 기가 죽는다. 종류가 뭐 이리 많은지. 훠궈 전쟁이 아니라 훠궈 메뉴판 전쟁이다. 고기는 소, 돼지, 양이 기본인데 각 고기는 등급과 부위로 다시 나뉜다. 버섯도 희귀한 것들이 있고, 오징어도 몇 가지라 이건 뭐고 저건 뭔가 싶다. 그림이 없어 애석할 뿐이다.

아직 제대로 휘궈를 주문해본 적이 없다. 시도를 하다 남편 찬스를 쓰거나 주변 사람에게 슬쩍 떠넘기곤 한다. 나도 한번 해보겠다며 메뉴판을 사진으로 몇 번 찍어왔지만 음식 이름이 왜 이렇게 어려운건지 모르겠다. 단어 찾고 다시 이미지 검색해보길 열몇 번 하다가 결국 나가떨어지기 일쑤였다.

휘궈 메뉴판을 보고, 재료를 떠올리고, 정확하게 주문하는 날! 그날이 이제 나도 중국어 좀 한다며 주름잡을 수 있는 날이 아닐까 싶다. 그날은… 오는가? 그날은 오겠지.

크고 높은 중국 케이크

제과점마다 어른 키만큼 높은 케이크가 한 개쯤은 있다. 크다는 말보단 거대하다는 말이 더 잘 어울린다. 내가 본 케이크 중 가장 큰 것은 7단이었다. 중심을 잡는 맨 아래 케이크는 지름이 족히 50cm가 넘어 보였다.

결혼식 때 진짜 이렇게 큰 케이크를 사용할까? 물론 개업식과 기념식 등에도 쓰겠지만 케이크 맨 위 장식이 신랑신부 인형인 걸 보면 대부분 예식에 사용하는 것 같다. 가격이 얼마나 될까 궁금했는데 어느 제과점 6단 케이크 하단에 2,199위안이라고 적혀 있다. 그렇담 35만원이 조금 넘는 가격이다. 생각보단 비싸지 않은 것 같기도 하고 비싼 것 같기도 하고. 중국도 결혼하는데 돈이 많이 든다는데 다 이런 곳에 쓰느라 그런 모양이다.

언젠가 대형 7단 케이크의 주인공이 되는 날이 있을까? 선물로 받으면 기분이야 좋겠지만 '기왕 주는 거 다른 걸로 주지' 하는 마음이 들 것 같다. 큰 곰인형을 받는 기분이랄까. 여튼 그 케이크를 다 먹기 위해선 잔치를 치를 수밖에 없을 것이다.

그런데 문득 칠순쯤에는 이 거대한 케이크를 먹을 자격이 될 것 같단 생각이 든다. 그동안 열심히 살았으니 35만원짜리 7단 케이크 정도는 먹어도 아무도 뭐라 할 사람이 없지 않을까? 오히려 무척이나 많은 부러움을 살 것 같다. '저 노인 열심히 살았나 보네… 자식들을 잘 됐네…' 뭐 그런 관조적 표현 내지 칭찬 말이다. 그때쯤에는 35만원이 아니라 100만원이 넘을 수도 있겠지만.

열심히 살아내서 일흔에는 내 돈 주고 산 크고 높은 케이크를 잔치에 온 사람들에게 푸짐하게 대접하고 싶다. 꾀부리지 않고 살고, 운도 따라준다면 어렵진 않을 것 같다. 이렇게 버킷리스트 하나 추가!

내가 가진 문화,
내가 학습한 문화

아파트 단지 내에 동전을 넣으면 움직이는 꼬마들 1인용 놀이
기구가 있는데, 오늘따라 생경하다. 왜 그런가 싶어 작정하고
서서 관찰을 했다.

첫 번째. 엄마 아빠 사이에 아들이 앉아 있다. 단란한 가족이
다. 영화를 보는 듯 모두의 시선이 한 곳을 향하고 즐거워 보인
다. 아빠의 직사각형 네모난 안경과 엄마의 샛노란 머리카락은
만화스럽다. 아이들이 타는 놀이기구니 그러려니 하는데 아이
의 미간 사이 붉은 점은 낯설다. 대개 우리나라 전통혼례에서
볼 수 있는 곤지인데 중국에서는 남여 구별 없이 아이들에게
찍어준다. 학예회, 생일, 기념사진 등을 찍을 때 그리거나 붙여
준다. 아이들의 건강을 기원하는 것이기도 하고 귀여워서 찍어
준다고도 한다.

두 번째. 삼장법사와 그 일행이다. 서유기가 명나라 때의 소설

이라는 배경지식은 잘 모르더라도 서유기 등장인물 정도는 우리나라 사람들도 잘 알고 있다. 그렇다 하더라도 서유기 놀이기구는 처음 본다. 그리고 나에겐 날아라 슈퍼보드가 더 친숙하기도 하다.

마지막. 흰색털을 보라색으로 염색한 중국의 뽀로로 '시양양[喜羊羊]'이다. 우리나라였다면 당연히 뽀로로가 차지했을 자리다.

곤지와 서유기와 시양양은 내가 가진 문화가 아니다. 글로 쓸 정도로 알고 있으니 학습은 됐다고 할 수 있지만 눈으로 보았을 때 매끄럽지가 않다. 나는 한국인이기에 그렇다.

중국 친구들과 산에 오른 적이 있다. 걸치고 있던 옷이 더워 벗어서 허리에 묶었더니 친구들이 한국 드라마에서 본 '한국식'이라고 한다. 손에 들고 있는 것이 성가셔서 그런 건데 그게 뭐 달라서 한국식이냐 했더니 중국 사람들이 많이 하는 행동은 아니라는 것이다. 사람 많기로 소문난 중국이니 모든 중국인이 그렇다고 단정할 수는 없겠지만 여러 명이 동시에 똑같은 말을 하는 것을 보면 그들에게 익숙한 문화는 아니었던 것 같다.

요즘 '내가 가진 문화가 이렇구나' 하고 느낄 때가 많다. 보고, 듣고, 먹어보았을 때 생소하거나 불편하게 다가오는 것은 30여년 동안 내가 지니고 있던 것이 아니다.

다른 문화 속에서 살아가는 것에는 여행과는 또 다른 무언가가 있다.

중국에서 얼마나 머무를진 모르겠지만, 지금의 시간을 통해 나와 우리 문화를 더 잘 알게 되었으면 하는 바람이다.

중국 뻥튀기 한 봉지 4위안

큰길에서 동네로 이어지는 길 어귀에서 뻥튀기 차를 발견했다.
중국에서 뻥튀기 아저씨를 만날 거라고는 상상도 못했던 터라
도심 한복판에서 소식이 끊겼던 동창을 만난 것 마냥 반갑다.
우리나라랑은 뭐가 다른가 싶어 구경을 했다. 내가 뻥튀기 기
계 전문가도 아니고, 평소에 관심있게 사물을 바라보던 바도
아닌지라 외관으로는 양국의 기계를 비교하기가 어렵다. 다만
'뻥' 하는 소리를 낸다는 것만으로도 두 기계가 친구임은 확실
했다. 뻥튀기는 2인 1조를 이룬 부부에 의해 속성으로 만들어
졌다. 남편은 가운데가 뻥 뚫린 긴 뻥튀기를 가래떡 뽑듯 죽죽
잡아 늘였고, 부인은 곧게 늘여진 뻥튀기를 재빨리 엇비슷한
길이로 끊어내어 봉지에 담아냈다. 어찌나 리드미컬하게 호흡
이 척척 맞는지 보는 것만으로도 흥이 났다.
좋은 구경 했으니 한 봉지 사는 건 당연한 일이다. 푸짐한 큰

봉지가 단돈 4위안(약 700원)이다. 노란 옥수수색 뻥튀기는 막 뽑아졌음을 자랑이라도 하듯 후끈한 열기를 내뿜었다. 한입 베어 무니 입안에 고소함이 퍼진다. 한 손으론 봉지를 들고 한 손으로 뻥튀기를 먹으며 친구들을 만나러 갔다. 입이 텁텁했지만 먹기 시작한 이상 멈출 수가 없었다.

친구들을 만나자마자 뻥튀기를 자랑하며 먹어보라며 하나씩 건넸다. 엥? 그런데 웬걸? 친구들은 하나같이 거절을 한다. 머쓱해져서 왜 안 먹냐고 물으니 목이 막혀서란다. 뻥튀기는 원래 그 맛에 먹는 건데 이상하다. 한편으론 길에서 파는 불량식품이라 안 먹나 싶어 나까지 주저하게 된다. 어쩔 수 없이 남은 뻥튀기를 몽땅 집에 가지고 와서 한쪽에 뒀다. 4시쯤 출출할 때 보니 다시 구미가 당긴다. 다행히 며칠 뒤까지 별 탈 없었지만 먹다 보니 너무 달아서 결국 다 먹지는 못했다.

오순도순 나눠먹으며 맛을 논하는 공감의 기쁨을 누리진 못했지만, 어릴 적 보던 뻥튀기 풍경을 떠올릴 수 있어 행복했다. 중국생활을 하며 집이 그리워서인지 옛 기억들이 종종 떠오른다. 어제의 기억으로 오늘이 행복해질 수 있음을 알아가고 있는 요즘이다.

먹다와 마시다

학원에서 중국어를 막 배우기 시작했을 때 중국에 올 일이 있었다. 단체 여행이었는데 운 좋게도 잠깐이나마 자유시간이 주어졌다. 혼자 남게 되자 '꼭 한번은 중국어를 하고 가야겠다'라는 조바심이 들었다. 주변을 둘러보니 앞쪽에 테이크아웃 음료 매장이 있다. 그 맞은편에는 난생 처음 보는 오렌지 주스 기계도 보인다. 생과일 주스 자판기가 신기해서 한번 해보고 싶기도 하고, 매장에서 음료를 사며 중국어를 입밖으로 꺼내보고 싶기도 했다. 고민 끝에 매장으로 발길을 정했다.

머릿속으로 생각하고 속으로 중얼거리며 주문할 말을 생각했는데 계산대 앞에서 주문하려던 찰나 점원의 질문에 당황해 손가락으로 음료를 가리키고 말았다. 손가락 하나만 폈으니 이건 바디랭귀지도 아닌데 점원은 철썩 같이 알아들었다. 꼭 한번 말을 해보고 싶었던 터라 음료가 만들어지는 시간 동안 정신없이 머리를 굴렸다. 그때 딱 떠오른 말이 있었다.

'好吃 [hǎochī 하오츠 / 맛있다]!'

그래, 이 말을 하면 되겠구나 싶어 주스가 내 손에 전해지길 기다렸다. 드디어 차가운 주스를 건네받은 순간, 어색하게 한 모금 마시고선 야심차게 입을 열었다.

"好吃!"

그랬더니 종업원은 어린아이 보듯 보더니 살짝 웃으며 이야기한다.

"好喝 [hǎohē 하오흐어 / 맛있다]!"

나는 잘 한다고 했는데 내 말이 틀렸구나 싶어 창피한 마음에 서둘러 매장을 나왔다. 밥처럼 씹어서 먹는 것은 '하오츠,' 마시는 것은 '하오흐어'다. 알고는 있었지만 뭐 그게 다른가 싶어 '하오츠'라고 했는데 점원은 굳이 친절하게 정정을 해준 것이다.

중국생활을 하면서 '하오츠'와 '하오흐어' 교정은 참 여러 번 당했다. 우리나라 식으로 '맛있다'라고 말하는 것이 습관이 되어 순간 요리와 음료를 구분하지 않고 말을 내뱉기 때문이었다. 내가 엉터리 중국어를 해도 보통은 바르게 고쳐주는 법이 잘 없는데 이 단어에만 유독 민감한 것 같았다. 아마도 '하오츠'와 '하오흐어'를 구별해서 말하지 않는 것은 우리나라를 저

희나라로, 유월을 육월로 발음하고 이야기하는 것 마냥 거슬리는 모양이다. 이제는 청개구리 심보로 그냥 하오츠! 라고 말하고 싶어지기도 한다.

요즘도 가끔 오렌지 주스 기계를 볼 때면 그때의 기억이 떠오른다. 추억이 되었고, 지금은 그래도 중국어 몇 마디 더 할 수 있게 되었다. 여행객이었던 내가 거주자가 되어서인지 그 한마디 해보겠다는 열정이 지금은 없다. 나는 한국 사람이니까 비자가 달라지긴 했어도 여행자이니 다시 두근거림을 찾아볼까 한다.

머리 없는 생선

중국행 비행기를 타던 날 아침, 엄마는 내가 좋아하는 조기조
림을 해주셨다. 식탁은 차려졌지만 빠트린 짐이 있어 잠시 방
에 다녀왔다. 밥을 먹기 위해 다시 앉았을 때 식탁 위 조기들은
머리가 없었다. 다른 부분은 말짱한데 머리만 흔적도 없이 사
라져 있었다. 다 큰 딸이 편하게 생선을 먹었으면 하는 마음에
아빠가 머리 부분을 발라놓으신 거다. 내가 애기냐고 웃긴 했
지만 눈시울은 뜨거웠다. 머리 없는 생선을 오래 기억하고 싶어서
사진을 찍었다.

모르긴 몰라도 부모님께서는 주변으로부터 혼수를 꽤나 들으
셨을 거다. 그집 딸 나이 많은데 시집은 왜 안 보내는지, 그러
다 혼기 놓치면 큰일인데 쓸데없이 중국은 왜 보내는지…. 내
가 주변에서 직접 들은 것만 해도 여러 번이니 부모님은 오죽
하셨을까 싶다. 그런데 부모님께서는 단 한번도 결혼을 강요하

시거나 내 삶의 모습이 잘못됐다고 핀잔하신 적이 없다. 공자 장학생 발표가 있던 날 부모님께 제일 먼저 연락을 드렸는데 정말 기뻐하시며 대견하다 해주셨다. 중국에 온 이후 어쩌면 중국에 머무는 기간이 길어질 수도 있겠다고 말씀드렸을 때도 기꺼이 나를 지지해주셨다. 지금 돌이켜보면 부모님께서는 나를 시집보낼 마음이 없으셨던 게 아닌가라는 우스운 생각도 든다. 그만큼 아낌없이 믿어주셨다.

요즘도 한 번씩 머리 없는 조기 사진을 꺼내보곤 한다. 그 어떤 언어로도 전할 수 없는 사랑의 표현이다. 내가 나로서 당당히 설 수 있었던 것은 부모님의 노력과 희생 덕분이었다. 내가 다 보답해드릴 수 있을지, 미래의 내 아이들에게도 그만큼의 사랑을 전해줄 수 있을지 모르겠다.

마음과 달리 여전히 틱틱거리는 날이 더 많다. 전화해서 응석 좀 부려야겠다. 나이든 딸 조기 먹고 싶으니까 집에 가는 날 꼭 조기조림 해달라고. 우리 다섯 식구 둘러앉아 먹고 싶다고 말이다.

생존 자격증

일조시 기숙사에서 방학을 보내고 있을 때였다. 대부분의 학생들이 여행 중이거나 귀국해서 기숙사에 남아 있는 인원은 단출한 상황이었다. 빈 공간으로 더없이 적막한 새벽, 예상에 없던 전화벨이 울렸다. 위층에 사는 동생이었다. 열이 너무 심해서 응급차를 불렀는데 같이 가줄 수 있겠냐는 것이었다. 함께하지 못할 이유는 없지만 중국어도 제대로 못하는, 병원 한번 제대로 가본 적 없는 내가 도움이 될까 싶었다. 급히 사감 선생님께 연락을 취해 셋이 함께 구급차를 탔다.

달리는 구급차 안에서도, 건물이 몇 채씩이나 되는 큰 병원에 도착했을 때도, 불안하기는 매한가지였다. 사감 선생님이 계셨기에 응급처치는 했지만 접수를 하고 진료를 하고 또 다른 곳에서 확인을 받는 절차는 복잡하기만 했다. 동생이 검사를 받으러 간 사이 혼자 남겨진 나는 온갖 두려움에 둘러싸인 채 병

217

원 복도 바닥만을 응시했다.

나와 내 주변 누군가가 이곳에서 아프다면 난 무엇을 할 수 있을까. 비행기를 타고 내려 사는 삶에도 일상은 여전히 지속되고 있음을 그날 알았다. 여행자의 기분에 취해 삶의 무게를 잊고 있었다.

결혼을 한 후에도 혹시 모를 병원 문제 때문에 계속 가슴앓이를 했다. 집 근처에도 병원은 많지만 상황을 전달하고 전달받을 통역이 가능한 병원엘 가려면 차를 타고 한 시간은 가야 했다. 그동안 남편에게 의지해 왔는데 남편이 아프기라도 한다면 남편도, 언젠가 태어나 엄마아빠와 얼굴을 부비적거릴 우리 아이도 지켜줄 수가 없었다. 중국어도 중국어지만 운전을 해야 했다. 이제는 사감 선생님도 안 계시니까.

자국에 운전면허가 있는 외국인은 중국에서 필기시험만 합격하면 운전이 가능했다. 국제면허증이 통용된다면 좋았겠지만 한글로 필기시험을 볼 수 있는 것만으로도 감사해야 했다. 문제은행식이라 공부만 열심히 하면 어렵지 않다지만 커트라인이 90점인 인간미 없는 시험이었다. 교민 카페에서 정보도 얻고 인터넷에서 모의고사 문제도 풀어보며 나름 열심히 공부를 했다. 정답 위주로 외우면 된다 해도 천 문항에 가까운 문제를 공부하는 것은 끝도 없이 길고 지루했다.

내가 시험에 떨어진다 해도 그 사실은 남편만 알 테니 뭐라 할 사람도 없는데 긴장이 됐다. 접수증을 들고 시험장에 들어서니 큰 강의실에 50여 대가 넘는 컴퓨터가 줄지어 있다. 공안들은 분주히 시험감독 준비를 했다. 중국인을 비롯한 다양한 국적의 사람들은 각자 자신이 안정을 취할 수 있을 만한 자리를 자유롭게 골라 앉았다. 나는 다른 수험생들이 후다닥 시험을 마치고 나가는 모습을 보며 동요되지 않기 위해 앞쪽에 문을 등지고 앉았다. 한국어를 선택한 후 시험을 시작했다. 최대한 집중해서 풀고 검토까지 한 후 답안지 제출을 하려고 손을 들었다. 내 옆으로 바짝 선 공안은 답안을 확인하고 엔터를 눌렀다. 점수는 바로 확인이 됐다. 98점, 합격이었다. 공안은 높은 점수라며 칭찬까지 해준다. 합격증을 들고 나와서는 남편에게 신나게 자랑을 했다. 자랑할 사람이 없었으면 참으로 억울할 뻔했다.

며칠 뒤 중국 운전면허증을 받았다. 시험장에서 찍은 사진은 혼자보기 아까울 정도로 촌스러웠지만 그런 건 전혀 문제되지 않았다. 이제 정글 같은 중국 도로에서 적응하기 위해 식은땀을 흘려야겠지만 생존을 위해 무언가를 해냈다는 이 기분은 무엇으로도 설명하기가 힘들었다.

살아내기 위해 이제 겨우 계단 한 칸을 올라섰다. 아직 배우고 받아들여야 할 것들이 많지만 차근차근 이룬다면 삶을 살아가면서 느끼는 두려움을 어느 정도는 떨칠 수 있을 것 같다. 요즘은 그날을 만들어내기 위해 매일 매일 남편과 함께 고군분투하고 있다. '이런 게 살아가는 것이구나'라는 것을 열심히, 치열하게 느끼며.

맨홀 뚜껑에 붙은 '쌍희 희(囍)'

'쌍희 희(囍)'는 '기쁠 희(喜)'를 겹쳐 쓴 글자다. 혼인과 같은 경사가 있을 때, 좋은 일만 가득하길 바라는 마음에서 쌍희 희 자를 쓴다. 중국 번화가에서 고개만 돌리면 볼 수 있는 글자이 기도 하다. 집 근처 아파트 단지를 걷는데 맨홀 여기저기에 붉은색 '囍'자가 붙어 있다. 아마도 어느 집에선가 혼례가 있는 모양이다.

중국에선 결혼식이 있을 때 맨홀이나 쓰레기통을 붉은색 천으로 가리거나 종이를 붙인다. 보기에 좋지 않은 것을 붉은색으로 가려 액운을 막는 것이다. 한겨울 추위에 주머니에서 손 꺼내기도 싫은데 빨간색 글자는 모든 맨홀에 붙어 있다. 맨홀 위 글자 찾는 재미가 있어 '희' 자를 따라 쭉 걸었다. 글자를 붙이던 가족과 친구들은 얼마나 추웠을까. 정성이다.

결혼식은 마음이 모이는 날인 것 같다. 자식을 결혼시키는 부부모님의 기쁘고 서운한 마음, 새로운 사람을 맞이하는 가족들의 설레는 마음, 결혼으로 새로운 시작을 하는 신랑신부를 지켜보는 지인들의 마음, 결혼식에 참석하지 못해 미안한 마음, 결혼식 소식은 들었지만 참석하기는 뭐했던 애매한 마음. 여러 마음들이 부부를 만들어낸다.

나도 결혼식을 치르며 그 마음들을 받았었다. 줄 때는 몰랐는데 받아보니 가슴이 터질 정도로 벅찼다. 혹여나 힘든 일이 생기면 그 마음들이 떠올라야 할 텐데 잊게 될까 봐 걱정이 된다. 어쩌면 질리도록 찍어 거실이나 방 한켠에 두는 결혼사진은 그날을 잊지 않기 위한 장치일지도 모르겠다. 그 소중함을 절대 잊으면 안 된다는 메시지로서 말이다.

결혼 전보다 후에 결혼식에 더 관심을 두게 된다. 해보았으니 얼마나 힘든지도 알게 됐고, 제대로 하지 못한 것들에 대한 아쉬움도 생겨난다. 아무리 생각해도 드레스 투어를 한 곳에서만 한 것은 내 실수다 싶다. 신랑은 다 똑같다 했지만 또 언제 그렇게 예쁘고 비싼 공주옷을 입어보겠는가. 드레스 투어는 결혼 10주년에 제대로 다시 해보리라 작정하고 있다.

그 날의 행복함과 아쉬움은 모두 눈이 시린 추억이 되었다. 우리에게 마음을 모아주신 분들께 감사할 따름이다. 열심히 재미나게 살겠습니다.

겨울방학에는 빵차타고 집으로

중국 청춘 로맨스 영화와 드라마의 단골 장면 중 하나는 학창 시절 기숙사 생활 회상 씬이다. 우리가 드나들고 기억하는 학교 앞 떡볶이집이 그들에겐 기숙사인 모양이다. 어떤 학생들은 소학교(초등학교) 때부터 기숙사 생활을 하니 그럴 만도 하다. 가끔 어린 학생들이 자기 몸집만한 큰 트렁크를 끌고 집에 가는 모습을 보면 안쓰러운 생각도 든다.

어릴 때는 집이 그리 멀지 않고 부모님께서 데리러 오시기도 하니 집에 자주 가는 편이지만 대학생이 되면 많아야 1년에 서너 번, 보통은 한두 번 집에 간다. 여름방학에는 밀린 공부하고 아르바이트 하느라 못가고 겨울이 돼서야 집에 갈 차비를 한다. 겨울 기숙사가 춥고, 가족들이 모이는 춘절이 겨울방학 동안에 있기 때문이다.

목적지까지의 거리가 4시간 안팎인 경우 같은 방향의 학생들끼리 모여 미니 봉고차를 타는 경우가 있다. 차가 식빵 모양과 비슷해서 멘바오치 [面包车, 멘빠오츠어]라고 부르는데 이걸 한국 사람들이 빵차라 한다. 기말고사가 끝나고 겨울방학이 시작되면 학교 앞 사방에 빵차가 보인다. 비용도 저렴하고 고속버스에 비해 짐을 운반하기 편해 많은 학생들이 이용하는데 불법이다. 간혹 짐을 초과해 싣거나 과속운전을 해서 사고가 나기도 한다. 짐 때문에 차선책으로 선택하는 방법이지만 가능하면 타지 않아야 한다. 그렇지만 여전히 학생들에게는 인기다. 어서 빨리 안전하고 편리한 교통수단이 마련되길 바랄 뿐이다.

겨울 내내 학교 주변은 텅텅 빈 느낌이 들 것이다. 그래도 3월이 되면 학생들이 집에서 사랑 많이 받고 돌아와 더 밝고 건강한 에너지를 곳곳에 불어넣을 테니 걱정은 하지 않는다. 또 얼마나 예뻐져서 돌아올까. 꽃 피는 봄을 기다려본다.

춘절맞이 고향으로 가는
기차 시간 38시간 56분

친구의 고향은 중국의 하와이라 불리는 하이난다오 [海南島]
다. 그것도 하이난다오 최남단인 산야 [三亚] 인데 춘절을 맞아
기차를 타고 집에 간다고 한다. 지금껏 비행기를 타고 다녔는
데 이번엔 함께 가는 친구들도 있고 해서 경험 삼아 기차를 예
매했다고 했다. 대충 생각해도 보통 거리가 아닐 것 같아 도대
체 얼마나 걸리느냐고 하니 35시간이라고 한다. 중국 기차에는
침실칸이 있으니 "설마 앉아서 가는 건 아니지?" 라고 확인 차
물으니 당연한 듯 앉아서 간다고 한다. 진짜 갈 수 있겠냐 하니
고생 좀 하고 며칠 푹 쉬면 된다며 별일 아닌 듯 이야기한다.
역시 젊음의 패기는 대단도 하고 대견도 하다. 서른다섯 시간
이라는 어마어마한 시간을 눈으로 확인해보고 싶어 인터넷 검
색을 했다. 베이징에서 산야까지는 정확히 '38시간 56분'이다.
거의 이틀이다. 친구가 산야로 출발한 날, 잘 가고 있나 걱정이

되어 연락을 했다. 대답은 "언니 너무 힘들어요." 물은 내가 바보다. 서른 시간 이상을 딱딱한 의자에 앉아서 가는데 힘들지 않을 수가 없다. 화장실 상태는 안 봐도 뻔하다. 중국 기차 몇 번 타본 경험상 침대 자리는 그나마 갈만 하지만 앉아서는 다섯 시간도 힘들다. 푹신한 의자(软座 루안쭈어)도 아니고 딱딱한 의자(硬座 잉쭈어)에 앉아 있을 생각을 하니 내 허리가 다 아프다. 다행히 집에 잘 도착했다는 연락을 받았다. 친구는 이제 가족들 품에서 마음껏 쉬기만 하면 된다.

드디어 중국의 춘절 대이동이 시작됐다. 며칠 전부터 폭죽도 팡팡 터지고, 택배도 안 되는 곳이 많다. 배달 직원이 고향을 가서 음식 배달이 안 된다는 곳도 많고, 아예 상점 문을 닫는 곳도 있다. 벌써들 이렇게 준비하나 싶어 중국 춘절의 모습이 궁금하다. 그래도 그보다는 가족들이 소중하니 나도 한국 갈 날을 꼽는다. 우리 집 떡국 맛이 입가에 맴돈다. 비행기 푹신한 의자에 앉아 가져다주는 밥 먹고, 보고 싶던 영화 보며 2시간만 가면 되니 참말로 다행이다. 또한 가까운 중국에 살고 있는 것 역시 행운이다 싶다.

내 아지트의 최후

내가 자주 가는 카페가 있었다. 2층으로 된 제과점 겸 카페인데 규모에 비해 손님이 별로 없어 아지트로 삼았었다. 그런데 갈 때마다 사람이 없어도 너무 없다. 어쩌다 한 번씩은 사람들이 꽤 있기도 하지만 그런 일은 드물었다. 조용하고, 종업원들도 친절하고, 커피 맛도 나쁘지 않은데 장사가 잘 되지 않으니 안타까운 생각이 들기도 했다.

자주 다니다 큰맘 먹고 선불금 500위안(약 85,000원)을 내고 회원 카드를 만들었다. 500위안을 내면 160원(약 27,000원)을 적립해준다고 했다. 중국에는 식당, 카페 등에서 선불금을 내면 할인을 해주는 일종의 페이백 회원제가 많다. 커피를 다섯 잔이나 공짜로 먹을 수 있는 기회라 회원 카드의 유혹을 뿌리치기가 힘들었다. 농담으로 문 닫는 거 아니냐고 물으니 주인은 호탕하게 웃으며 손사래를 친다. 카페의 안전한 회원관리 시스

템과 각 성에 있는 지점에 대해 자랑을 늘어놓는다. 그럴 듯했고, 믿고 싶은 마음이 커 500위안을 선뜻 지불했다.

자주 다니다 회원 카드를 만들고는 자주 못 갔다. 이런저런 일이 있었고, 설이 있어서 명절 쇠러 집에 다녀오느라 한 달 반쯤을 못 갔다. 그러다 이제 좀 가봐야겠다 싶어 "오랜만이네요. 잘 지내셨나요? 나는 한국에 다녀왔어요."라는 인사말을 중얼거리며 카페로 향했다.

카페에 도착하니 문이 닫혀 있다. 유리창 너머를 들여다보니 사람은 없지만 내부 공사를 하는 것 같다. 주변을 살폈지만 어떤 안내문도 없다. 설마 하며 집으로 돌아와 수소문해보니 문을 닫았단다. 내부공사가 아닌 철거였다. 내 돈 생각하니 속이 쓰렸지만 그보다는 자주 가던 곳이 말도 없이 사라져 마음이 무거웠다. 그만큼 정이 있었다. 자주 보던 종업원들과 인사조차 나누지 못한 것도 아쉬웠다.

며칠 후 돈 찾아가라는 전화가 왔다. 내 돈 찾아오는 건데 복권 당첨된 기분이다. 카페에 도착해 주변을 살피는데 낯익은 얼굴들은 한 명도 없다. 이름을 이야기하고 사용하지 않은 선불 금액을 돌려받았다. 장부에서 내 이름을 찾다 보니 회원이 제법 된다. 이렇게 회원이 많으면 문을 닫지 않아도 되는 거 아닌가…. 서운했지만 내 아지트에 마지막으로 인사라도 하고 올 수 있어 다행이라는 생각이 들었다. 그래도 여전히 깨끗하게 반짝이는 카페의 물건들을 보니 애잔한 마음이 들었다. 내가 좋아했던 의자, 예쁜 등과 아기자기한 장식품들.

카페 장사가 잘 됐다면 주인도 좋고, 종업원들도 좋고, 갈 곳 없어 자주 가던 나도 좋았을 텐데. 내 주변인들이 잘 돼야 한다. 그래야 나도 덕을 본다.

사촌이 땅을 사면 잠깐이야 배가 아프긴 하겠지만 그래도 내 주변 사람들이 잘 되는 게 좋다. 그게 나도 행복한 길이라는 걸 이렇게 매번 배우게 된다.

중국은 나에게 어떤 나라였을까

밤낮으로 아파트 단지에서 많은 개들을 본다. 일주일에 두세 번은 개와 함께 엘리베이터를 탄다. 대부분 목줄이 없는 개들이다. 사람마냥 다닌다. 가끔 녀석들이 엉뚱한 길로 가거나 사람들을 불편하게 하면 주인은 큰소리로 혼을 낸다. 그러거나 말거나 개들은 사방 날뛴다. 개들의 판이다. 나는 개를 싫어하거나 무서워하지 않아 다행인데 그렇지 않은 사람들이 중국에 오면 놀랄 것 같다.

중국 가정에 개와 고양이가 많아서, 중국 사람들이 애완동물을 좋아해서 신기했다. 중국은 나에게 어떤 나라였을까. 개를 좋아하는 중국 사람이 많아 신기했다는 이야기를 중국 사람들이 들으면 그런 생각을 한 나를 더 신기하게 여길 것이다.

중국 사람들은 애완동물을 참 좋아한다. 그것으로 모든 걸 이야기할 순 없겠지만, 이곳 역시 사람 사는 곳이다. 이곳 또한 따뜻하다.

우리에겐 생소한 중국의 간식

● 여행 중에는 길 찾느라 일정 맞추느라 오히려 끼니를 때우기가 어렵다. 이때 찾게 되는 것이 간식이다. 중국은 음식의 천국이니만큼 출출함을 채울 만한 주전부리 또한 다양하다. 중국인들에게 인기 있는 간식 몇 가지를 소개한다.

○ **중국인들의 추억의 간식 '새우칩'**

마트에선 알록달록 반투명하게 얇은 500원짜리 동전 두 개만 한 타원형 조각들이 한봉지 가득 담긴 것을 판매한다. 플라스틱 같기도 하고 젤리가 굳은 것 같기도 한 이것은 바로 기름에 튀기기 전의 새우칩[虾片 샤펜]이다. 음식점이나 술집에서 간혹 서비스로 나오던 그 간식이다. 중국에선 어릴 때 부모님께서 튀겨주시던 추억의 간식으로 통하는데 작은 봉지 하나에 우리나라 돈 1,000원 정도다.

맛있는 새우칩을 만들기 위해서는 기름의 양과 온도가 중요하다. 새우칩이 충분히 잠길 정도로 기름을 아끼지 않고 준비한 후

150~180℃의 온도에서 10~20초간 골고루 튀겨주는 것이 비법이다. 여행 기념으로 사서 한국에서 만들어 먹어보면 여행지의 추억을 되살려볼 수 있을 것 같다.

○ 길거리 대표 간식 '탕후루'

탕후루 [糖葫芦] 는 사과맛이 나는 붉은색 산사나무 열매를 꼬치에 꿰어 설탕이나 물엿을 묻힌 후 굳힌 사탕이다. 탕후루 한 알을 입에 넣고 깨물면 두꺼운 설탕 껍질이 깨지며 새콤달콤한 맛이 난다. 산사열매가 소화를 돕는다고 해서 주로 이 재료를 사용했는데 현재는 포도, 딸기, 오렌지, 파인애플, 키위 등 다양한 과일로 탕후루를 만든다.

집에서 만들 수도 있지만 설탕을 입히는 과정이 번거롭고 한 번에 많은 양을 먹지 않을 뿐만 아니라 곳곳에서 판매하고 있기 때문에 사 먹는 편이 수월하다.

탕후루의 주재료가 설탕이다 보니 과용은 좋지 않지만 옛날에는 체기를 내리는 약으로 사용하기도 했고, 피로 해소를 돕는 작용도 한다고 하니 한두 번쯤은 지친 여행길에 친구로 여겨보아도 좋을 것 같다.

○ 중국의 치맥 오리목 '야보어'

우리나라에 치킨이 있다면 중국에는 오리목 [鴨脖 야보어]이 있다. 본래 후베이(湖北)성 우한(武漢)의 명물로 시장의 작은 상점이나 노점에서 팔던 것인데 체인점화되면서 전국으로 유명세를 떨치게 되었다. 갖가지 향신료에 맵거나 단맛이 나는 소스를 오리목에 바르고 건조한 후 구워내는데 쫄깃한 맛이 일품이다. 더욱이 오리고기는 혈액순환을 돕는다고 해서 중국에선 어른 아이 남녀노소할 것 없이 즐겨찾는 간식이다. 마트나 관광지 오리목 전문점에서 판매하고 있으니 중국 맥주 맛볼 때 안주로 삼아보면 좋을 것 같다.

○ 간식보다는 맥주 안주에 더 어울릴 법한 조리멸치

매콤하게 볶은 멸치는 몇 끼를 거뜬히 나게 해주는 밑반찬이기도 하고 때론 감칠맛나는 술안주가 되기도 한다. 그런데 중국에선 양념멸치를 간식으로 먹는다. 특히 어린아이들의 영양식으로 통한다. 눈으로만 보아도 매워 보이는 조리멸치를 아이들은 과자 먹듯 맛있게 먹는다. 조리멸치에는 고춧가루, 된장, 팔각, 계피와 갖가지 향신료가 첨가된다. 첫맛은 익숙하지만 먹을수록 중국 특유의 맛이 느껴진다고 해야 할까? 워낙 양이 적기도 하고 입맛을 돋우는 맛이라 앉은 자리에서 거뜬히 2봉지는 먹게 된다.
동네 슈퍼 계산대 앞에 멸치 간식이 종류별로 놓여 있기도 하다. 놀이터에서 놀면서도 먹고, 유치원 간식으로도 먹고, 반찬이나 술안 주로도 먹는다. 간편하게 익숙한 듯 익숙하지 않은 중국의 맛을 느껴보기에 이만한 것이 없지 않을까 한다.

·

·   ·   ·   ·

기운이 왕성하고 활동이 활발한
서른에서 마흔 안팎의 나이

·   ·   ·   ·

·   ·

숙제를 해가지 않아도 어학원 선생님께서는 나를 나무라지 않
으셨다. 어느 날은 지각을 해서 수업 후 죄송하다고 말씀드렸
는데 오히려 나의 사과를 멋쩍어하시며 괜찮다고 하셨다. 반
학생들의 평균보다 나이가 많은, 30대 중반의 학생이 어려우신
듯했다. 혹은 배우기 위해 이곳에 왔다기보단 취미 삼아 온 듯
해 보이는 나를 굳이 교정할 필요는 없다고 생각하셨는지도 모
르겠다. 후자가 맞겠다 싶다. 그때 생각했다.

'청춘이 갔구나…'

20대가 끝나고 서른이 될 즈음 마음이 어지럽다는데 나는 그런
게 없었다. 남들 다 한걸 이제야 겪는지 요즘 들어 자주 헛헛하
다. 공부 안 해도 혼날 나이가 아니라는 게.

그동안 만들어놓은 것으로 평가받는 나이가 됐다. 나에 대한 기대가 적은 게 피부로 느껴진다. 존재하는 것만으로도 반짝이는 청춘들이 계속 차오르니까 나는 자연히 떠오르는 별들을 받쳐주는 무리 중 하나가 됐다. 혼날 일 적고, 어른으로 대우해주니 편하긴 한데, 억울하다. 나도 청춘들만큼 잘할 수 있으니까 나에게도 계속 기대를 해줬으면 좋겠다.

하지만 확실히 나태해졌고 체력적으로도 뒤처진다. 전에는 밤새도록 컴퓨터를 보는 일도 할 만했지만 이제는 괴롭다. 하룻밤을 새거나 무리하면 그 여파가 며칠을 간다. 매일 학교에 가고, 하지 말아야 하는 일 투성이인 학창시절로 가고 싶은 마음은 아직 없지만 청춘은 아쉽다. 뭐든 할 수 있다고, 하고 싶다고, 해보고 싶다고 말하는 그들의 치기가 민망해 웃어넘기면서도 한편으로는 진짜 잘 될 것 같단 생각이 든다. 부럽고 두렵다.

중년 여성 관련 논문을 쓰며 나름 그 시기에 대한 고민을 했다고 생각했다. 그런데 청년과 중년 사이의 시간, 장년을 간과했다. 궁금해서 장년(壯年)을 사전에서 찾아보니 '사람의 일생 중에서, 한창 기운이 왕성하고 활동이 활발한 서른에서 마흔 안팎의 나이'라고 되어 있다. 꽁했던 것이 사르르 풀린다. 장년의 시기를 살아내고 있다고 생각하니 기운이 뻗친다. 무엇인가

해내고야 말겠다는 옹골찬 마음도 생긴다.

철없이, 내가 만년 청춘인 줄 알았다. 사람들은 알고 있었는데 나는 나를 못 봤다. 이제 그만하라며 그들이 나에게 보냈던 신호를 이제야 알아들어 낯이 뜨겁다. 그러나 지난 일이니 별 수 없고 그때 알아듣지 못해 용기 낸 일들도 있으니 이만하면 괜찮다.

몇 년 뒤에는 지금의 시간이 미친 듯이 아깝고 그리울 테니 뭐든 다시 해보고 싶다. 그동안의 노하우도 있고, 결혼으로 가족 지원군단도 늘었으니 강점도 있다고 본다. 성공이었든 아니든 시간을 마냥 흘려보낸 건 아니다. 눈치코치라도, 그것도 아니면 넉살이라도 붙었을 테니까 말이다. 노년에도 자신의 이름으로 일하는 인생의 선배들이, 여성들이 부럽다. 그리 되고 싶다.

뻔하지만, 청춘들이 얼마나 멋진 시간을 보내고 있는지 알고 있었으면 좋겠다. 그들의 꿈이 실현될 것 같아서, 나보다 더 잘 될 것 같아서 시샘의 대상이 되는 시기. 도전은 경험이 될 거라며 실패도 격려 받을 수 있는 특권의 시절. 청춘인 그들도, 청춘을 지나 새로운 시작을 하는 나에게도 응원을 보낸다.

부 록

공자학원은 중국어를 보급하고 중국 문화를 전파하여 전 세계에 중화 소프트파워를 확산하기 위해 중국 정부가 2003년에 설립한 중국 정부 산하 교육기관이다. 중국 공자학원 총부(總部)는 협약을 맺은 세계 각 나라의 대학과 기관에 공자학원을 설립하고 교사와 일정 자금 등을 지원한다. 2004년 서울에 설립한 공자아카데미가 제 1호 공자학원이다. 우리나라에는 23개 (2018년 기준)의 공자학원이 있으며, 138개국에 500여 개의 공자학원이 운영되고 있다.

공자학원에는 중국어 수업과 문화 교육 외에 중국 대학에서 공부할 수 있는 기회가 주어지는 장학제도가 있다. 공자 장학금은 어학연수 과정(6개월, 1년)과 석사과정, 박사과정 등이 있다. 장학금 명목으로 등록금과 기숙사비(2인실)가 면제되고 유학생종합보험이 제공된다. 또한 생활비 명목으로 일정금액이 매월 지급된다(2018년 기준 : 어학연수 과정 RMB 2,500위엔 / 석사과정 RMB 3,000위엔). 항공권, 비자발급비용, 국내에서 가입하는 여행자보험료 등은 지원하지 않는다.

대개 매년 3월경 장학생 선발 일정을 공고하여 3월 중순에서 4

월 초쯤 서류 접수를 시작하고 5월에서 6월 사이에 합격자를 발표한다. 장학생 지원 기본 요건은 HSK와 HSKK의 성적, 공자학원 수강 기간이다. 과정에 따라 그 세부 기준이 다르며 매년 지원 가능 요건이 변경된다.

선발 절차는 공자학원 지점별 심사 추천, 지원학교 심사, 중국 국가한판과 공자학원총부 심사, 결과발표 순으로 이어지는데 서류심사 후 면접심사가 이루어지는 곳도 있다. 이때 1차 심사가 지점별 심사이기 때문에 같은 성적과 동일 자격요건을 갖췄다 하더라고 합격의 당락이 달라질 수 있다. 때문에 지원하고자 하는 지점의 공고문을 잘 확인해야 한다.

국내 공자학원(공자아카데미) 지점과 협약을 맺은 중국 대학은 동일하지 않다. 장학생 선발 인원과 장학생이 된 후 갈 수 있는 중국 대학이 지점마다 다른 것이다. 석사, 박사 과정의 경우 선택이 가능하기도 하나 어학연수 과정은 이미 지정된 학교로만 입학 허가가 나는 경우가 대부분이다.

공자학원 각 지점 홈페이지에서 중국어, 중국문화 수업 일정과 장학금 제도에 대한 자세한 정보를 확인할 수 있다. 다만 좀 더 구체적이고 정확한 정보를 원한다면 수강을 희망하는 공자학원 지점에 직접 문의할 것을 권한다.

장학생 지원 요강에는 공자학원 수업을 일정시간 이상 이수해야 하는 요건이 있다. 그러므로 장학생이 되길 희망한다면 최소 8개월 전부터 준비를 해야 한다. 또한 HSK와 HSKK시험은 결과가 발표되는데 보통 한 달 정도 소요되므로 2월 전에 자격요건을 미리 갖춰두는 것이 좋다. 장학생 공고가 발표되는 시기가 정해진 것이 아니기 때문에 미리 자격을 갖춰 놓으면 마음을 덜 졸일 수 있기 때문이다.

떨리고 자신 없는 마음으로 장학금 정보를 알아보고 자격증 시험을 본다는 게 어려운 일인 것을 안다. 하지만 쉽게 찾아볼 수 있는 인터넷 정보와 주변인의 경험은 이미 지난 정보이거나 잘못된 정보 혹은 내가 지원하고자 하는 지점과 맞지 않는 정보일 수 있다. 때문에 걱정하고 궁금해하기보단 번거롭더라도 수강을 원하는 지점의 공자학원 담당자 선생님께 직접 문의하는 것이 합격의 지름길임을 당부하고 싶다.

2. 중국 유학, 어학연수, 교환학생 생활을 위한 준비물 리스트

외국인 학생의 공식적인 중국어 교육은 대개 중국 대학 내 어학원에서 이루어진다. 대학 내에는 어학원과 기숙사가 있다. 보편적으로 중국 학생들은 기숙사 생활을 하기 때문에 기숙사 단지가 큰 규모로 조성되어 있고, 외국인 학생들이 머무는 곳은 별채로 마련되어 있는 경우가 많다. 그래서 학교 근처에는 기숙사생들이 필요로 하는 물품을 파는 상점(슈퍼마켓과 기타 잡다한 상점들)이 있다.

이러한 상점들은 규모가 크진 않지만 숟가락부터 캐리어까지 없는 게 없다. 저렴한 물건들로 품질이 좋은 편은 아니지만 기숙사 생활에 필요한, 임시적으로 쓸 만한 물품들은 거의 갖춰져 있다. 학생들이 중국에 도착하자마자 많이 구매하는 물건은 실내화(방, 욕실용), 식기류, 옷걸이, 정리 바구니, 책상에 둘 만한 물건들, 스탠드와 각종 문구류이다. 그러니 캐리어가 꽉 차 무언가를 덜어내야 한다면 문구용품과 부피가 크고 잡다한 생활용품은 빼는 게 효율적이다. 그 외 지금까지 한국에서 가지고 오거나 배송 받아쓰는 물건이 몇 가지 있는데 다음과 같다.

첫 번째는 옷과 신발이다. 사실 짐을 쌀 때 가장 먼저 빼버린

것은 옷이었다. 평소에도 옷을 좋아하는 편은 아니고, 신경 써서 입고 다닐 일이 있을까 싶어서 정 필요하면 학교 근처에서 살 생각이었다. 그런데 중국에 온 후 옷이 너무 비싸서 구매한 것은 몇 벌 되지 않는다. 야시장이 열리는 곳이 많아 저렴하게 옷을 살 순 있었지만 품질이 좋지 않았다. 또한 디자인이나 색이 화려하거나 취향이 아닌 장신구가 부착된 것들이 많아 썩 마음에 들질 않았다. 좋은 재질의 옷은 비싸고, 가격이 적당하다 싶으면 디자인이 마음에 들지 않아 결국 구매로 이어지지 않았다. 우리가 한국에서 구입하는 수입 저가 브랜드 제품 역시 한국보다 중국이 더 비싸다. 중국의 관세가 우리나라보다 높기 때문이다. 중국 관광객들이 우리나라에서 쇼핑을 많이 하는 이유가 여기에 있다. 또한 대도시가 아니라면 수입 브랜드 매장을 찾는 것조차 쉽지 않다. 때문에 매일 같은 옷을 입을 수 없는 패셔니스트이거나 옷으로 인한 추위와 더위를 견디기 힘든 사람이라면 적당한 여벌의 옷과 신발을 챙겨올 것을 권한다. 부피가 크기 때문에 기숙사나 거주지가 정해진 후 국제 수화물(EMS)로 물건을 받는 것도 좋은 방법이다.

두 번째는 상비약이다. 감기약, 소화제, 알레르기약 등은 평소에 복용하던 것을 처방받아 오는 게 유용하다. 우리나라에서는 보통 종합감기약으로 2알 정도를 먹는데 중국에선 중의약 방식으로 처방하기 때문에 10알 가까이를 복용해야 할 때가 있다. 간혹 몸에 맞지 않거나 양이 많아 꺼려질 수 있으므로 상비약을 준비하는 것이 좋다. 다만 비타민, 의약품 밴드, 마스크 등은 이곳에서도 저렴하게 구매할 수 있으므로 필요한 경우 현지 약국이나 마트에서 구매하면 된다.

세 번째는 화장품이다. 중국이 넓다 보니 모든 지역이라고 말할 수는 없지만 대체적으로 한국보다 건조하다. 이미 알려진 바대로 한국 화장품이 좋기 때문에 스킨, 로션, 핸드크림 등을 넉넉하게 가지고 오는 게 좋다. 중국 친구들에게 주는 선물용으로 팩을 많이 준비하는데 가지고 와보니 무게가 만만치 않다. 그리고 요즘은 중국에도 팩이 많은 편이라 막상 친한 친구에게 팩 몇 장 선물하기에는 부족한 감이 있다. 오히려 친했던 친구 혹은 공부나 중국생활을 도와주었던 지인들에게도 모양이 예쁜 핸드크림이나 얼굴 크림 등을 하나씩 선물했던 게 반응이 좋았다. 한국 화장품 브랜드가 워낙 많이 알려져 있고 판매하는 곳이 많아 설화수, 후와 같은 고가 제품이 인기가 있지만 중저가 브랜드 역시 사랑받고 있으니 선물용이 될 만한 화장품을 가지고 온다면 고마움을 표현하기에 이만한 것이 없을 것이다.

네 번째 필수 물품은 책이다. 책은 부피는 작지만 무거워서 수화물 무게를 금세 채워버린다. 그래서 책을 빼는 경우가 있는데 중국에는 한국 책을 파는 곳이 거의 없고, 무게 때문에 국제 배송하기에는 배송비가 아까울 수 있으므로 가지고 오는 게 좋다. 그렇지만 우리나라 대형 서점 대부분은 국제 배송 서비스를 하고 있기 때문에 후에 꼭 필요한 책이라면 해외 배송을 받을 수는 있다. 그래도 공부에 필요한 책이라면 가지고 오는 것을 추천한다.

이 외 중국 준비물 리스트 중 많이 거론되는 것 중 하나는 치약이다. 처음에는 중국 치약을 썼고 몇 달 후부터는 한국 치약을 썼는데 확실히 우리나라 치약이 산뜻하다. 한국 치약을 쓸 수 있었던 이유는 중국 마트에 한국의 죽염 치약과 몇 가지 종류의 치약이 비치된 곳이 많기 때문이다. 또한 기숙사나 거주지 근처에 한국 마트가 있다면 우리나라 생필품을 사는 데 어려움이 없다. 수입품이기 때문에 몇 백 원에서 몇 천 원 정도 비싸지만 수화물 비용을 감안한다면 이곳에서 구입해 쓰는 것이 더 경제적이다.

중국 대도시와 중소도시 이상 되는 곳에는 한국 사람이 있고, 교민들이 있는 곳에는 한국 슈퍼가 있다. 이곳에는 3분 조리 식품, 참치, 라면, 여성용품, 샴푸와 세제 같은 생필품이 종류별로 있다. 구매해서 사용하는 것도 나쁘지 않다. 보통 학생들이 6개월에 한 번씩 귀국하는데 캐리어 추가 요금을 내는 것과 중국 현지에서 물건을 사는 것의 비용이 거의 비슷하다. 다만 한국 마트가 없는 곳일 수도 있으므로 정보를 총동원해서 내가 가게 될 곳이 한국 교민들이 많은 곳인지 알아보는 것도 방법이다. 한국 사람이 많은 곳이라면 매일 저렴하게 한식을 먹을 수 있을 정도로 중국생활에 어려움이 없다.

마지막으로, 물품은 아니지만 꼭 가지고 와야 하는 것이 있다. 유니온페이(은련, UnionPay) 로고가 있는 체크카드 또는 신용카드다. 중국에서는 카드를 사용할 때마다 비밀번호를 누르기 때문에 반드시 비밀번호를 알고 있는 카드를 가지고 와야 한다. 또한 만일을 대비해 비상용으로 2개 정도가 좋다.
우리나라에서는 은행 카드를 사용할 때 비밀번호를 누르지 않기 때문에 본인 카드임에도 불구하고 비밀번호를 모르는 경우가 있다. 또한 중국은 비밀번호가 대개 6자리이기 때문에 우리나라 카드 비밀번호에 앞이나 뒤에 00을 붙이는데 비밀번호 오류가 될 때가 있다. ATM기계에서 비밀번호를 3회 틀리면 카드 사용이 중지되어 현금 인출, 환전 모두가 불가능한 당황스러운 상황이 발생한다. 그러므로 비밀번호를 정확히 알고 있는 체크카드 2개 정도를 준비할 것을 당부하고 싶다. 위급한 경우를 대비해 카드는 꼭 필요하다. 은행과 상관없이 유니온페이가 제휴된 카드면 된다. 카드 발급 기간이 있을 수 있으므로 적어도 출국 일주일 전에 미리 준비해두는 것이 현명하다. 다만 외국에서 사용하는 만큼 환전과 인출 수수료는 감안해야 한다.

많은 것을 나열하긴 했지만 사람 사는 곳은 어디나 비슷하다. 익숙한 것을 사용하지 못하는 어려움은 있겠지만 한번쯤은 온전히 그곳의 생활에 적응해보는 것도 나쁘진 않을 것 같다. 또한 생활에 조금 적응될 만하다 싶을 때(보름에서 한 달 정도)가 되면 학교 근처 대형마트 내지 백화점에서 물건을 사거나 타오바오 혹은 징동과 같은 온라인 쇼핑몰에서 주문을 할 수 있는 능력을 갖추게 되니 크게 걱정할 필요도 없다.

어떤 준비도, 선택도, 아쉬움은 남는다. 캐리어를 꾸릴 때의 설렘을 잊지 않는 행복하고 안전한 시간이 되길 바란다.